JN230136
侯爵次男は家出する
～才能がないので全部捨てて冒険者になります～
著 犬鷲 Inuwashi
ill. 灯 Akashi

CONTENTS

イラスト：灯
デザイン：AFTERGLOW

「すまん、少し手こずった」
よな!」
ィーテ
大陸ダンジョン
の火口"のボス。

アリア
ミルドレア帝国の第三皇女だが、
家出中。
ベルクに助けられたことをきっかけに
行動を共にする。
「よもやバルログと戦って
生き延びるどころか倒すと
ルスクデ
神童の兄と比べられ続ける
侯爵家での生活を捨て、
冒険者ベルクとして第二の人生を歩む。

侯爵次男は家出する

～才能がないので全部捨てて冒険者になります～

犬鷲

角川スニーカー文庫

24520

〖序章　侯爵次男の選ぶ道〗

月が雲に隠れて王国のほとんどの人が寝静まった暗闇の中をフードを被（かぶ）った少年が風の様に走る。

フードを被った少年は王都の城壁に辿（たど）り着くとすぐ下の石畳を調べ始めた。少しして石畳の一部が外れ、人一人通れるくらいの穴が現れた。

それは貴族にだけ教えられている抜け道のひとつだった。石畳の蓋を嵌（は）め直してから暗い抜け道を初級の光魔術で照らしながら進んでいく。抜け道から這（は）い出（で）て城壁の外に出ると、広がる平原に向けて歩き出す。

フードを被った少年はしばらく進んで振り返る。雲に隠れていた月が顔を出して王都の姿を淡い光で包んでいた。

（ごめん兄貴、多分心配するだろうし迷惑掛けるだろうけど……迷惑掛けるのは、これが最後だから）

フードの下で名残惜しさを感じさせる様に唇が結ばれる。だが踵（きびす）を返すと王都を背に少年は走り出した。

(今から走っていけば朝にはイーラウに着く。そこでこれまで貯めた魔石を換金して……本格的に寝て休むのは船に乗った後で良い)

向かう先は王都の玄関口と呼ばれる港町。そこから、その存在を知ってからいつかはと思っていた別大陸に渡ろうとしていた。

(生まれも何も関係ない、俺の……俺だけの力で手に入れるんだ。あの物語の冒険者の様に)

何もかもを投げ出し、逃げ出した少年の旅立ちを夜空に浮かぶ月だけが見届けていた……。

ベルガ王国に百年以上続く王立学園。その広間がざわざわと生徒で賑わい、そこに掲示された順位表を見上げる。

前期期末考査

13位　セルク＝グラントス　総合367点

「見ろよ、あれ」

「あー、グラントス家の」

「やっぱ弟は弟だな」

「そりゃあの人と比べるとなぁ」

「でも剣術は凄いぜ？」

「それだって二位だろ？」

　貼り出された試験の結果を見ながら俺、セルクはため息をつく。この結果は自分なりに頑張った方だし学年でも上位の成績ではあるのだが……。

「またこんな結果なの？」

　後ろから声を掛けられて振り返ると、そこには腰まで伸ばした赤色の髪をなびかせた怜悧な雰囲気を纏った少女、ブレイジア公爵家の令嬢テレジア＝ブレイジアが立っていた。

「私の婚約者でありながらこの有り様だなんて、剣術はともかく座学ではどれかひとつでも良いから私より上回って欲しいところだわ」

「……そうだな」

　俺の婚約者であるテレジアがくどくどと俺に対する愚痴を零す。公爵令嬢たる彼女に侯爵家の次男である俺は、立場上言い返す事ができずにそれを半ば諦めの境地で聞き流していた。

「貴方のお兄様はあれほど優秀だというのに」

「っ！」

その言葉に無意識に拳を握り締める。思わず怒鳴ってしまいそうになるのを堪えて踵を返した。

「貴方の努力は認めるけど……って、ちょっと⁉」

後ろから掛けられる声を無視して広間を出ると学園を後にした。

バドル＝グラントス。

グラントス侯爵家の長男であり俺の兄貴である。数年前に学園を卒業したが在学中、剣術、魔術、座学とあらゆる課目でトップの成績を収め、その余りの優秀さにベルガ王国の神童と謳われ、王族から婚約の申し出が来るほどだった。

対して俺にはそれほどの才能はなかった。どれだけ努力をしても、多くの人から教えられても兄貴には及ばなかった。

（バドルならばもっと早く習得していた）

(お兄様ならこれぐらいすぐに理解できたのですがね……)

(バドル様の様にはいきませんね……)

(どうしてお前は……)

親からも、教師からも、俺の周りにいた人達は俺を常に優秀な兄貴と比べ続けた。

(どうしたセルク？　何か分からないところがあるのか？)

だが兄貴を妬んだりした事はなかった。

(セルクはセルクだよ、それに俺は兄ちゃんなんだからセルクより前にいないとカッコ悪いだろ？)

仕方なかったのだろう。それだけ兄は優秀だったし、俺にとっては周りと比較してくる人達ばかりの中で数少ない味方。常に気に掛けて俺をちゃんと見てくれた優しくて良い兄貴だった。

だけどその兄貴も侯爵家を継ぐ為に多忙な日々を送っており、しばらくは会えていない。会えない時にしていた手紙のやり取りも今じゃやっていない。

家に戻っても親や世話役、学園に行っても教師や生徒達と、いるのはただただ兄貴と比較してくる奴らばかりだ。

「……やってられるか」

誰に聞かせるでもなく呟いて歩き出す。もはや習慣と化したいつもの寄り道をする為に……。

「はぁっ！」

気合いの声と共に剣を振るう。目の前に迫ったオークの腕を斬り飛ばすと返す刀で剣先を喉元に目掛けて叩き込む。

「ガッ……ゴォ……」

後頭部から刃が突き出るほど剣を喰い込ませて力任せにオークの腹を蹴る。蹴られた勢いそのままに倒れたオークの身体は塵と化し、地面に血の様な赤い石、魔石が落ちる。

（そろそろか……）

魔石を拾って剣をしまいながら森を後にする。学園の近くにあるこの森は数こそ少ないが魔物が出る。学園の実戦授業用に管理されているが、ストレス解消の為に誰にも言わずにここに通っていた。

（少しだけすっきりしたな）

今の戦い方を学園の教師が見たら貴族や騎士の戦い方ではないと咎められるだろう。だが学園で教えられる剣術は、俺には窮屈に思えて周りの目がない時はこうしてやりやすい戦い方をしている。

なにより戦っている時は周りの声も自分の無才さも考えている暇はない。自分の思うがままに戦うと普段の息苦しさも鬱屈した気持ちも晴れると気付いてからは、この森にほぼ毎日と言って良いくらい通っていた。

（そうだ、明日は学園を脱け出してこようかな？）

今までなんで思いつかなかったのかと思いながら、日が落ちる前に森を出て家に帰る。

玄関を開けるとメイドが出迎えた。

「お帰りなさいませセルク様、お疲れのところ申し訳ありませんが、旦那様が帰り次第書斎に来る様にとの事です」

「ただいまって……え、親父（おやじ）が来てるのか？」

親父であるダラン＝グラントス侯爵は兄への引き継ぎの為に一緒に領地に行っていた。この家にも王都に用がある時に来るくらいで、普段は学園に通う俺と使用人しかいない。

（会いたくねえ……）

親父は昔から兄貴と比較してくる人達の筆頭で、以前兄貴にそれを注意されてからは鳴りを潜めているが、二言目には兄貴を見習えと言ってくる様な人だ。

気が滅入りながらも重い足を動かして書斎へ向かう。ドアをノックすると「入れ」と言われて感情を押し殺して書斎に入った。

「お久しぶりです、こちらに来るとは伺ってませんでしたが王宮での仕事でしょうか」

眉間に皺を寄せて机の向こうに座る親父に向けて声を掛ける。親父は少しだけ沈黙した後、鋭い目を向けて口を開いた。

「最近帰りが遅くなっていると聞いたが何をしている？」

挨拶もなしにそう問われる。晴らした筈の鬱屈した気持ちが再び湧き上がるのを感じながらも顔には出さず答える。

「自主鍛練です、少しでもバドル兄さんに追いつく為にもと思いまして」

俺がそう言うと親父は視線を逸らさず言葉を放った。

「ラティナから聞いたぞ、最近森に行って魔物と戦ってるとな……それが鍛練だと？」

「っ！」

ラティナとはさっき俺を出迎えたメイドだ。うちで長く仕えていて子供の頃は兄貴と俺の世話役でもあった。今はこちらで俺の世話役としてメイド長の様な立場にいる。

（気付かれてたか、しかもよりにもよって親父に報告したのか！）

内心で舌打ちしながらもなんとかそれらしい答えを出そうとする。

「はい、模擬戦よりも実戦の方が得られるものが多いと……」

「ふざけるな!!」

全て言葉にする前に親父の怒鳴り声が響いて遮られる。親父は怒りを顕(あらわ)にして俺にまくし立てた。

「万が一にも不慮の事態になったらどうするつもりだ！　侯爵家の子が考えなしに森に入って魔物に殺されたなどと知られてみろ!?　貴族どころか民達からも失笑されるわ！　お前の婚約先の公爵家からもその様な愚か者を婿に行かせようとしたのかと非難されるだろう！　ただでさえバドルと比べて……」

親父から浴びせられた言葉が胸に突き刺さる。確かに魔物と戦う以上、万が一は起こり得るが心配しているのは俺ではなく家名なのだと突きつけられたからだ。

親父はハッとした顔をすると息を吐いて椅子に座り直した。

「ともかく、明日からは送迎の馬車を出す。寄り道も森に行くのも許さん」

「なっ!?　待ってくれ！　黙って行ったのは謝る！　次からは一人で行ったりなんか……」

「これは決定事項だ、それと……」

取り付く島もなく言い切られる。決定を覆す気はないという明確な意思表示だった。

「……ざっけんな!!」

それでも胸に湧き上がる憤りを抑え切れず叫ぶ。何かを言い掛けていた親父に一瞥もくれずドアを勢い良く開けると、すぐ傍で待機していたのかラティナと目が合った。

ラティナを思わず睨みつけるとビクリと身体を震わせて驚きに顔を染める……そういえばこうして誰かに怒りをぶつけるのは久しぶりかもしれない。

「クソが!!」

部屋に戻って鍵を掛けると拳を机に叩きつけて八つ当たりする。それでも気は晴れず、机に罅が入るほど何度も叩きつけて荒い呼吸を繰り返した。

「息抜きさえ……許されねえのかよ」

掠れる様に出た言葉と共にふらふらとベッドの上に身体を倒す。気付けば眼から熱い雫が顔を伝って落ちていた。

天井を見上げながらふと思い出す。学園に入る前に兄貴と二人で話した事を。

……セルクはセルクだよ。

「……俺、頑張ってきたんだ」

……侯爵家を継ぐのは俺がやりたいと思ったからやるんだ。だからセルクもそうして良いんだ。

「才能がないなりに……兄貴みたいになりたくて……頑張ったんだ」

……誰かに言われたからじゃなくて……セルクがやりたい事をやってくれ。

「でも、ごめん……」

……俺はセルクが凄い努力家で諦めない奴だって知ってる。俺にとって自慢の弟なんだからさ。

「此処じゃあもう……頑張れねえや……」

十五年生きてきてずっと心の奥底に溜まっていた感情は、目を逸らしてきた事実は、心を折るには充分過ぎた。

「此処には……俺を見てくれる人なんかいねえんだから」

起き上がって散らばってしまった紙とペンを取ると、一人に向けてはできるだけ丁寧に、他に向けてはこれまで言いたかった事を簡潔に書いていった……。

「これで終わりと……」

確認した書類に印を押す。任された仕事が全て終わるとタイミング良く執事がお茶を持ってきてくれた。

「ありがとう、丁度休むところだったんだ」

「いえいえ、若様こそお疲れ様です」

執事が淀みない動作でお茶を淹れる。一口含んでふと窓から王都の方角へと目を向けた。

「……父上とセルクはちゃんと話せたかな？」

「セルク様、ですか？」

執事の言葉に頷いてお茶を飲みながらかいつまんで説明する。父上はセルクが魔物が出る森に頻繁に出入りしているのをやめる様に注意しに王都に行っており、自分は領主代行として残っていた。

「それは旦那様が正しいかと……下級といえど魔物は魔物、たった一人で向かうのは危険過ぎます」

「セルクなら大丈夫だと思うんだけどね、ただ父上の言い分も分かるしさ」

ここ数年は忙しなかったが今は極めて平和と言える時代だ。目立つ様な国同士の軋轢や問題もなく、魔王などといった突然変異した魔物等による天災の兆候もない。

だがそれでも魔物による被害がなくなった訳ではない。現に侯爵家の領地でも魔物による被害が多少の増減はあれどなくなりはしないのだ。

（それでもセルクなら大丈夫だと思うんだけどね……それよりも）

「やっぱり私もついていけば良かったかなぁ……」

父上とセルクの関係はお世辞にも良いと言える関係ではない。自身がその原因の一端になってしまっているのも理解している。

だからこそ二人の仲を取り持つ為にも同行したかったのだが、今は次期領主として大切な時期であるとして父上から止められた。

それにセルクは期末考査が終われば長期休暇に入る。去年までは領地の視察や挨拶回りに自身の婚姻の事などで会う事すらできなかったが、少し落ち着いてきた今ならばと里帰りさせる事を提案した。

父上が王都に行ったのは里帰りの為にセルクを迎えに行く事が主目的で森で戦っていた事の注意はそのついでなのだが……何故か嫌な予感がする。

「ん？」

コンコン、と何かが窓を小突く音に気付くと窓の縁に紋様が刻まれた鳩がいた。窓を開けると鳩は手の内に納まって淡く光り輝く。光が収まると鳩は一通の便箋へと姿を変えていた。

「やっぱり〝伝書〟の魔術か、差出人は……」

〝伝書〟の魔術は手紙等を相手に届ける魔術だ。ある程度の魔術を修めた者ならばこうした鳥の使い魔を用いたものが一般的だ。

「セルクから……？」

封筒には〝兄貴へ〟と弟の文字で書かれていた。封を破いて中の手紙を取り出すとその手紙には嫌な予感が考え得る限り最悪な形で現れていた。

〝兄貴へ

何から書くべきか迷ったけど、まずはこれまでとこれから掛けるだろう迷惑を謝っておきたい。

俺なりに努力も鍛錬もしてきたけど、やっぱり俺には兄貴以外の誰かに認めてもらえるほどの結果は出せなかった。

どんなに頑張っても兄貴と比較されてこの程度かって言われるのも、俺自身を見てもらえない事にも俺は耐えられそうにない。

そんな俺が侯爵家に居続ければ兄貴に迷惑を掛け続ける事になるだろう、だからそうなる前に俺はこの国を出る事にした。

兄貴はきっと心配するだろうし迷惑なんかじゃないって言ってくれるのは分かってる。だけど俺が唯一心を許せた兄貴の重荷になって生きる事を俺自身が許せないんだ。

俺の事は死んだ事にするなりいなかった事にするなり好きに処理してくれて良い。手間だろうけど俺が最後に掛ける迷惑とわがままだと思って許してくれ。

才能のない弟でごめん、自分勝手な弟でごめん、認めてもらえない程度で、こんな事で逃げ出す様な弱い弟で本当にごめん。

今までありがとう、さようなら。

セルク〃

手紙を読み終えた頃には手が震えていた。その様子に執事が心配して声を掛けてくれたお陰で気を取り直せた。

「すぐに王都に向かうから至急馬車を用意して！　何かあれば〝伝書〟で通達する様に。急いで！」

「承知しました」

執事に命じて自室に戻ると急いで着替えて支度する。支度しながらも頭の中ではセルクの事で思考が駆け回っていた。

（ここまで思い詰めていたなんて……）

分かっていなかった。自分の評価が弟に対してどれだけの重荷になっていたかを。

理解していなかった。セルクの周りに心を許せる人がいない事を、親にすら心を許せていなかった事を。

弟(セルク)なら大丈夫だろうと根拠のない思い込みで独りにさせてしまった。

「何が神童だ……自分の弟の事すら分かってないじゃないか」

王都に向かう馬車の中で後悔に駆られながらもセルクを見つける方法を考える。だが王都の屋敷で待っていたのは、慌ただしく動く家臣達と手紙を握り締めたまま頭を抱える父上だった。

最初に授かった子、バドルはまるであらゆる祝福を受けた様な子だった。

貴族に求められる全ての才能を持っていた。傲慢さとは無縁の貴族としての責任と在り方を理解する者に育った。誰もが羨む理想通りの子供だった。

だからだろうか、バドルが生まれてから五年後に妻の命と引き換えに生まれたセルクも理想通りに育つのだと思っていた。

セルクはよく大声で泣いた。バドルも泣く事はあったがセルクは比べものにならないくらい泣いた。乳母(うば)は「子供はこれくらい泣くものです」と言っていたが、バドルよりも手間が掛かって私は疎ましいとさえ思った。

能力に関してもそうだった。バドルの教育を任せた教師達をつけたがどれも良くて人並、唯一剣術は優れてはいるが首位を取れるほどのものではなかった。

バドルと比べれば凡庸、それに加えて成長するにつれて口数が少なく無愛想になっていくセルクにどうしてお前はそうなのだと怒りを抱いた。

だがバドルとセルクは仲が良かった。私がセルクを不甲斐ないと言うとバドルは珍しく眉をひそめて弟は頑張っていると庇った。

今にして思えばセルクはバドルと話している時には笑っていた気がする。しかし私や誰かに気付くといつもの無愛想な表情に戻っていた。

明確に気付いてなくても私はそれが気に入らなかったのだろう。それでも侯爵家に連なる者としての最低限はできていたからもうそれで良いと思っていた。

セルクが森で魔物を殺しているという報告が入った。学園で教わる剣術ではなく蛮賊の様に残虐な戦い方だったという内容に教育を間違えたと思った。

バドルはセルクの腕ならば心配する事はないだろうと言っていたが、私の中では違っていた。報告の内容からセルクが加虐趣味に目覚めたのではないかと思った。侯爵家からそんな者が出たと周囲に知られれば醜聞になると思ったのだ。

だがそれを言えばバドルは怒るだろう。だから万が一の事があれば困るからやめさせると言えばバドルは納得してくれた。

里帰りをさせるというのも、加虐趣味に目覚めてないかどうかを見定める為に丁度良いと考えて了承した。

学園に入ってから久しぶりに会ったセルクは入学前と変わらず無愛想だったが、事の次第を問えば鍛練の為だと言い訳を始めようとした。

ふざけるな、鍛練だというならば何故学園の教師に教えを乞わない？　どうして正当な方法ではなくそんな方法を取る？　何故教わっている戦い方ではなく残虐な戦い方をした？　ましてや魔物が活性化する夜まで一人で戦うなど冒険者でも避ける危険な行為だ。

気付けば私は怒鳴っていた。カッとなって一方的にまくし立て、バドルに咎められた兄と比べる様な物言いをしそうになったところで止めるも、セルクは俯いてどんな表情を浮かべているか分からなかった。

椅子に座り直して森に行くのを禁ずるとセルクは慌てて反論してきたが、疑惑を深めた私はそれを一蹴して里帰りの事を話そうとした。

「……ざっけんな!!」

それは幼い頃以来、聞いていなかったほどの大きな声だった。これまで感情を表に出さなかったセルクが明確な怒りを顕にした事に呆けてしまった。

　気を取り直した時にはセルクは書斎を後にしていた。侯爵として様々な状況を経験してきた私が呆けてしまうほどの怒りと圧を受けて、私はようやく自分が対応を間違ったのではと思い始めた。

『セルクの事も見てあげてくださいね』

　妻が残した言葉をふと思い出す……一晩経てばお互い頭も冷えるだろう、非はこちらにもある以上、謝ればもう一度話せるだろうと考えてその日は休む事にした。

　そして朝になり、身支度をしているとセルクの世話役を命じていたメイドが慌てた様子で部屋に来た。

「セルク様がいません！　朝起こしに行ったら部屋がもぬけの殻で！」

　セルクの部屋に来てみれば開け放たれた窓が目に入った。中に入り見渡すと罅割れた机の上に手紙があった。

〝もう沢山だ。どんなに努力をしても、俺を通して兄貴の影ばかりを見られるのも理想ばかりを押しつけられるのも俺に期待に応えろと要求してくるばかりで俺の事を聞こうともしない事にも耐えられない。

親も、家にいる奴(やつ)らも、学園の奴らも、兄貴以外の全員が俺を見ようとしなかった。

兄貴の様に才能がなくて悪かったな。理想の子供じゃなくて悪かったな。

俺はもう二度とお前らの前に姿を現さないから死んだ事にするなり最初からいなかった事にするなり好きにしろ。

十五年掛けて俺に無駄な事をしてきたっていう事実と現実を教えてくれてよくもありがとう〟


それはセルクが私達にずっと抱いていたものを文にしたものだった。それを読み終えてようやく私は自分が間違っていたと確信した。

セルクが書斎を出ていった時すぐに謝りに行けば……いや、もっとずっと前から……バドルとセルクを比較せずにセルク自身を見ていれば。

それに気付くとセルクの見えていなかった他の事にも気が付く。幼いセルクはよく泣いて感情を顕にしてわがままを言っていた。

感情を顕にする事がなくなったのもわがままを言わなくなったのも成長したからだと思っていたが違う。私達に失望して意味がないと諦めたのだ。

セルクが常に無愛想な表情だったのは、ただ一人を除いて誰にも心を許していなかったからだ。

手紙を片手に家臣達にセルクの行方を捜す様に指示を出す。指示を出し終えてから自身のこれまでを悔いているとしばらくしてバドルが慌てた様子で現れた。

バドルにセルクからの手紙を見せられる。私達に宛てられた手紙とは違い、家族としての情や罪悪感を感じさせる内容に心の底からバドルを慕っているのだと理解できた。

「……セルクはいつ家を？」

「……状況からして深夜に家を出たのだろう、門から出たという報告は上がっていないから人員を手配して王都内の捜索を……」

「……いえ、深夜に出たとすればもう王都にはいないでしょう」

バドルは首を横に振りながら言葉を続ける。

「おそらく抜け道を使って王都を出ているでしょう。身体強化の魔術が得意なセルクなら夜通しで王都から近くの町へ行けます。そして向かうとするなら……イーラウ」

「……どうして分かるんだ？」

「私がセルクならそうします。そして私の推測が当たっているとすれば……セルクはもう船に乗ってる頃でしょうね」

「では、もう……」

「今からイーラウに向かってもどの船に乗ったか、どこへ向かったか調べてる間にセルクは更に移動しているでしょうね」

突きつけられた言葉に脱力する。頭の中を様々な思いが行き交うが何よりも心を重くしたのはセルクの事を何も分かっていなかった事だ。

知っているのは学園や周囲の評価くらいで何ができてどんな風に考えているのか、私はひとつも知らなかった。

「父上、この後の指揮は私が執ります」

「それは……」

「分かるんですか？　父上にセルクの考えが」

バドルの言葉に何も言い返せない。バドルは私を憐れむ様な目で見ると踵を返して部屋を後にした。

……私は今まで一体何を見てきたのだろう。少し考えれば、ちゃんと見ていてやれば息子であるセルクをここまで追い詰める事も、愛想を尽かされる親になる事もなかっただろうに。

後悔しても遅い、自分の目は余りにも節穴だった……。

屋敷で手紙を読んだ父上の様子と父上達に残された手紙を見て思わず顔をしかめる。父上を置いて屋敷を後にするとブレイジア公爵家へと向かいながらも頭を巡らせる。

……セルクが既に船に乗ったとして行き先はどこになる？　イーラウから出航する船で行ける所からセルクが選ぶだろう場所は……。

セルクと過ごした日々の中に手掛かりはないか必死に頭を巡らせる。そしてふと思い出した事があった。

（そういえば学園に入る前……）

それはセルクがまだ領地の屋敷に住んでいた頃の事だった。屋敷の中庭で本を読んでいたセルクを見かけて話し掛けると、嬉々として本の内容を教えてくれた。

内容は平民にも知られている魔大陸と呼ばれる地を冒険、探索した者達の話だった。中でも魔物との戦いに明け暮れ、多くのダンジョンを踏破した冒険者の話を気に入っていた。

〝もしも貴族に生まれてなかったら……こんな風に生きられたのかな……？〟

あの時に何気なく呟いた言葉に、想いが残っているのなら……。

「……クラングルズ連合国」

その推測に辿り着くのと同時に馬車が止まって公爵邸へ着いた事を知らせた。向かう前に連絡していたのもあってか、公爵親子は屋敷にいた。突然の来訪の謝罪と挨拶を済ませると、懐からセルクが書いた二枚の手紙を取り出しながら用件を告げる。

「セルクがこの手紙を残して姿を消しました。心当たりはございますか？」

手紙を呼んでブレイジア公爵は少しだけ眉を動かすと隣に座るテレジア嬢に手紙を渡す。無言ながらも読めという圧にテレジア嬢は急いで目を通すが読むにつれて「嘘……」「そんなつもりじゃ……」と呟きながら身体を震わせる。

「……テレジア嬢、事実確認は当然行いますが貴女から教えて頂きたい。学園でセルクがどの様な扱いだったのかを」

暗に誤魔化しても無駄だと伝えるとテレジア嬢は震えながらもセルクの学園での境遇を口にした。内から込み上げる怒りに蓋をしながら全て聞き終えると、苦い顔をした公爵に向き直った。

「……随分と弟を可愛がってくれた様ですね、ブレイジア公爵」

「知らなかったとはいえ娘に代わり謝罪する。詫びのひとつとして弟君の捜索に協力させてもらえないだろうか？」

「ありがたい申し出ですが難しいですね。まだ裏付けの取れてない推測の域ですが、セルクはクラングルズ連合国に向かってるでしょう」

「クラングルズ連合国……あの中立国ですか」

それを聞いた途端に公爵が難しい表情を浮かべる。その理由はクラングルズの特殊性にある。

クラングルズ連合国は魔大陸と呼ばれるグルシオ大陸で冒険者、商人、職人ギルドといった組織が協力し合う事で運営されている国家だ。そして商業による輸出入以外、あらゆる国からの政治的介入、干渉を受けないと宣言している完全なる中立国である。

〝争いを持ち込むな、いさかいを持ち込むな、民に養われてるだけの愚か者でないのならばこの程度の約束くらい守ってみせろ〟

数百年前にクラングルズ連合国を属国にしようとした国が当時の代表達によって政治、経済的に破綻させられた時に残されたというこの言葉と伝説は未だに語られ、怖れられている。

だからこそセルクはそこに向かうだろう。クラングルズで表立って捜索しようとすれば政治的干渉と取られる危険性がある以上、取れる手段は限られる。

公的な手段を取っている間に更に時間が掛かり、広大な大陸でセルクに追いつくのはほぼ不可能と言って良かった。

「ですので助力は必要ありません、クラングルズで動く為(ため)の手続きは公爵家の手を煩わせるほどの手間ではありませんしね」

手紙を回収して席を立つ。そして最初から落としどころとして考えていた事を提案する。

「ですが助力して頂けるのなら公爵家には隣国のミルドレア帝国方面の捜索をお願いしたいです。私の推測が間違っている可能性もありますからね」

「了解した、すぐにでも取り掛かろう」

公爵が承諾したのを確認すると頭を下げる。ここまではグラントス家の嫡男としての対応だ。

「……ここからはセルクの兄として言わせてもらいます」

貴族としての仮面を外して少しだけ感情を覗(のぞ)かせる。これまで決して見せてこなかった怒りの感情に公爵親子は揃(そろ)って背を震わせた。

「よくも私の弟をここまで追い詰めてくれたな。もしもセルクに万が一の事があった時には覚悟しておけ」

僅かに引き出した怒りを吐き捨てて退室する。公爵邸を出て馬車に乗りながらこれからを考える。

（……あぁ言いはしたが）

捜索は当然行う。クラングルズも政治的な思惑が絡んでなければ人捜しの手配書を配る事くらいは可能だ。それと並行して自分が動きやすくする為にも行動しなければならない。

(……だけどセルクが本当にやりたい事を見つけようとしてるなら)

これからやる事の半分は無駄になるだろう。それでも何もせずにはいられない、何もしない訳にはいかない。

「焦燥を感じるなんていつぶりかな……?」

それでも、歩みを止めるつもりはなかった……。

「やってくれたな」

ブレイジア公爵が苦い顔をしながら頭を抱える。それを聞いてテレジアはびくりと身体を震わせた。

「あの小僧に身ひとつで国を出るほどの行動力があるのも予想外だったが、まさかお前との仲がそこまで拗れていたとは……」

「……申し訳ございません」

「もう良い、それよりもバドルへの対応が先だ」

公爵の言葉にテレジアは首を傾げる。やるとするならセルクの捜索が先なのではないのだろうかという表情に公爵は苦い顔のまま告げた。

「あれは怪物だ」

「怪物……？」

「国とは一人では成り立たん。故に民を束ねる貴族がおり、貴族を束ねる王族がいる……だが奴はたった一人で国を束ねる事さえ可能なまでの才覚と能力がある」

「そ、それほどまでにですか？」

「だからこそ王族が娘を嫁に出すほどの事をしたのだ。でなければ宰相や魔術研究室長の家を差し置いて王女が侯爵家に嫁ぐなどすると思うか？」

言われて確かにとは思う。制度の面で言えば王族と侯爵家であれば結婚するのに問題はない。だが優れているとは言っても、王族の娘の政治的価値を考えれば他国やより上位の貴族に嫁がせるのが普通だ。

それでもバドルに嫁がせたというのは、王族がそれに匹敵する価値があると判断したからこそなのだと言われれば納得できてしまう。

「その怪物の怒りを我々は買ってしまったという訳だ」

その言葉に過呼吸になってしまうのではないかと思うほど息が荒くなる。改めて自分のしでかした事の重大さが理解できてしまったのだ。

「下手な手段は奴にこちらを貶める口実を与える事になる。許されるにはただ捜索するだけでなく誠意を以て行動するしかない……」

公爵はため息をつきながら天井を見上げる。公爵の様にバドルの才覚を正しく認識している者は即座に行動を起こすだろう。だが行動を起こさない者にバドルは容赦しない筈だ。

公爵の予想通り、一年足らずでベルガ王国の権力情勢はたった一人に塗り替えられる事となる……。

【一章　漆黒と真紅の担い手】

グルシオ大陸、クラングルズ連合国によって治められているこの大陸は、他の地と比べてもダンジョンの多さや数多（あまた）の魔物達がひしめいてる事から、かつて魔大陸と呼ばれ忌み嫌われていた。

しかし長い時を掛けて開拓が進み、良質な魔石やダンジョン探索で得られるアイテムの売買、そして冒険者という命知らず達によって、今やその身ひとつで成り上がろうとする者達が集う冒険者の最前線（フロンティア）となっていた。

グルシオ大陸にある数多のダンジョンのひとつ、そこで人知れず死闘が繰り広げられていた。

「ブモォォォォッ!!」

体長三メートルはあろう筋骨隆々な身体に牛の頭をした魔物、ミノタウロスが巨大な戦斧（せんぷ）を振り下ろす。

振り下ろされた戦斧は対峙（たいじ）する青年を粉砕せんと迫るが、青年は紙一重で後ろに避（よ）けると手にした小剣と手斧（ておの）を握り直した。

振り回される戦斧を青年は避け続ける。そしてミノタウロスが再び斧を振り上げた瞬間に踏み込んで、股の間を滑る様に潜り抜けた瞬間に足首を斬りつけた。

ミノタウロスが前のめりに跪くと青年はすかさず巨大な背中に小剣を深く突き刺す。そして水の様に淀みない動作で小剣の柄を足場にして駆け上がると、ミノタウロスの角を摑んで片手の斧を振りかぶる。

そして斧頭に付いた鉤とベルトから引き抜いたナイフを眼窩へと突き立てた。

「ガアァァァァァァァァッ!?」

ミノタウロスが悲痛な叫びを上げて青年を振り落とそうと暴れながら戦斧を投げ捨てて腕を頭へと向けた。

腕が青年を捕まえる直前に斧を引き抜き、背中を滑り落ちる様に降りると小剣を引き抜いて離脱する。

痛みに悶え苦しむミノタウロスに対して、青年は小剣と手斧を打ち合わせて音を立てる。視界を失ったミノタウロスは、聞こえてくる音が自身が戦っている者が出していると気付くと殺意と怒りで痛みを塗り潰して吠える。

ミノタウロスは丸太の様な両腕を地面に叩きつけるとその巨体が跳び上がり、青年目掛けて腕を振り下ろした。

地面が砕ける音がダンジョン内に響き渡る。ミノタウロスの一撃を紙一重で避けた青年の右腕の小剣から魔力の燐光が溢れる。

そして引き絞る様な動作から振るわれた小剣がミノタウロスの手首を斬り裂いた。

体勢を崩しながらもミノタウロスは痛みを無視して片腕を振り上げる。だが振り上げると同時に回転しながら飛来した手斧がその手の平に突き刺さった。

「じゃあな」

投げられた手斧の勢いで仰け反ったミノタウロスの懐に青年は潜り込む。両手で握った小剣が魔力の燐光と共に振るわれる。

ミノタウロスの首が地面を何度も跳ねて転がり、やがてその姿が崩れていき魔石へと変わっていった。

青年は魔石と武器を回収するとダンジョンを後にした。

「やはり今回のダンジョンは偶発型だったという訳ですね」
「ああ、ボスもミノタウロスだったし、道中も一度に三体以上は出てこなかった……青銅級の冒険者が定期的に間引いていれば消滅すると思う」

グルシオ大陸開拓の前線基地と云われる街、ウォークリアの冒険者ギルドで依頼された調査結果を報告する。受付嬢は報告内容を紙に記していくと頷いてこちらを見た。

「ではこれで依頼完了です、本当に助かりました。こういった小規模なダンジョン調査を受けてくれる方は中々いなくて……」

「まあ大抵の冒険者は大規模ダンジョンに行くだろうな」

小規模なダンジョンは定期的に中の魔物を倒すことで、魔力溜まりが解消されて消滅する。しかし昔からある、中〜大規模なダンジョンは消滅する事はまずない上にダンジョン特有の素材や高性能な魔道具、武具等のお宝が見つかる事があるのだ。

どうせ命を懸けるならリターンが多い方が良い、というのは冒険者なら誰もが考える事だろう。俺みたいなのを除いては……。

「それじゃあ、俺はこれで」

「はい、いつもありがとうございます、ベ、ベ、ベルクさん！」

冒険者ギルドの入り口から外へ出る。もうすぐ日が沈むであろう空を見上げながらあの日の事を思い出していた。

（もう二年も経つのか……）

あの全てを投げ出して逃げた日からはや二年、俺は侯爵家次男セルク＝グラントスの名を捨て青銅級冒険者ベルクとして生きていた。

　グルシオ大陸で冒険者となってから随分と苦労した。受けられる依頼が少なく、毎日の様にダンジョンに行っては魔物を倒して魔石を売り、少しずつ色々な事を学びながら家の奴らが追いかけてくるかもしれないと大陸を転々と渡り歩いてきた。

　剣一本だけでは壊れた時に打つ手がなくなるから武器を複数持ち歩く様になった。

　利き腕を怪我した時に他の冒険者に助けられてからは左腕でも戦える様に特訓した。

　剣だけじゃなく、他の武器や戦い方も試していく内に小剣と手斧を持つスタイルに落ち着いた。

　そうして色々なダンジョンを渡り歩いては魔物と戦う日々を過ごして、気付けばそれだけの年月が経っていた。

（遠くまで来たな……）

　苦労が絶えない日々だった、何度も命を落としかけた。それでも誰にも咎められる事なく好きな様に好きなだけ戦えて、そして評価される今の生活を気に入っている。

「やっぱり俺に貴族は向いてなかった、それだけの話だな」

　そんな風に自嘲しながら宿に向かう。だがその今がもうすぐ変わるなどこの時の俺は想像すらしていなかった……。

「指名依頼？」

いつもの様に冒険者ギルドに向かうと受付嬢にギルドマスターが呼んでいると言われ、奥に案内されると挨拶もそこそこにそう切り出された。

「うむ、中規模ダンジョン〝黄昏（たそがれ）の剣墓〟は知っているかね？」

「……確か隣街にある地下洞型のダンジョンでしたね、出るのはスケルトンやゾンビ系統の」

「うむ、流石（さすが）だね」

皺（しわ）が刻まれた顔に温厚な笑みを浮かべたギルドマスターが頷く。これでも昔は白銀級の高位冒険者として活躍していた歴戦の猛者（もさ）である。

「そのダンジョンなんだが……先日から魔物の出現数が格段に増えているんだ。今は冒険者達に依頼を出して対処できているが、原因究明の為（ため）にはやはり最下層を調べる必要があると思っていてね」

「……魔物災害（スタンピード）の前兆ですか。それは分かりましたが、それなら白銀級の冒険者の方が適任なのでは？」

「タイミングが悪い事に他の白銀級のパーティは出払っていてね。幸い居てくれた白銀級〝白壁〟のガランと青銅級達の臨時パーティが向かってくれてるが、君は彼らを追う形で調査をしてほしい」

ギルドマスターは少しだけ困った様な微笑みを浮かべると俺を向かわせる訳を話した。

「ガランは主に商隊の護衛等をメインにしている冒険者でね、無論実力は本物だし臨時パーティの面々も優秀な者を揃えたんだが戦闘職に傾いてしまっていてね、そこで様々なダンジョン調査をしてきた君に依頼しようと決まったんだ」

そういう事かと納得する。まあ実を言うと残り物のダンジョン調査の依頼を受けてたのは誰にも邪魔されずに戦えるのと、周りの目を気にしなくて良いという個人的な理由からだったのだが、言う必要はないだろう。

「分かりました、剣墓にはすぐに向かった方が良いですか？」

「そうしてくれると助かる。その報酬の前払いという訳ではないが、今回の依頼を達成した暁には君を白銀級へ推薦しようと思ってる」

「白銀級に？」

冒険者の等級は下から木級、石級、青銅級、白銀級、黄金級、白金級となっており、今の階級である青銅級は中堅と言えるだろう。

そして青銅級から白銀級への昇級は簡単な事ではない。白銀級以上の冒険者は個人の強さや能力だけでなく、冒険者全体のイメージを背負う存在とされ、人格も秘密裏に審査されるからだ。

力だけの乱暴者に世間の評価を左右する依頼は任せられない。白銀級とはそれだけの責任がある故(ゆえ)に昇級はかなり厳しいと聞いていた。

「君の仕事ぶりは若年ながら素晴らしいものだからね。冒険者に必要なのは出自でも血筋でもない、その者自身の実力と人格だ。そして私は君が白銀級に相応(ふさわ)しいと思っているよ」

ギルドマスターからの称賛に思わず顔を逸(そ)らす。こうして真っ正面から賛辞を贈られた経験は兄貴くらいからしかなかったから気恥ずかしくなった。

「……期待に応えられる様にはします」

頭を下げて部屋を後にする。歩きながらも胸の奥には自分のやってきた事を見てもらえていたという事を遅れながら実感して、思わず笑みが浮かんでいた。

……ベルクが部屋を出た後、ギルドマスターは机の引き出しから一枚の紙を取り出す。それは捜し人の人相書きだった。紙には失踪した人物の名前と失踪日付、そして似顔絵が描かれている。

「冒険者には出自も血筋も関係ない、この言葉に嘘偽りはない」

ギルドマスターはそう呟きながら思い浮かべる。今さっき部屋を出ていった雰囲気こそ違うが似顔絵と似た青年の事を。

「だから君が冒険者でいる限りは一人の冒険者として扱わせてもらうよ、セルク＝グラントス……いや、ベルク君」

中規模以上のダンジョンになると独自の特徴が鮮明になる。黄昏の剣墓であれば地下墓地の様な雰囲気と階層毎に古代文字で刻まれた名前が特徴だ。

一～三階層のスケルトンやグールが徘徊する〝無名が礎になった地〟。

四～五階層は武装した上位のスケルトン等が襲い掛かる様になる〝聖者が貶められた丘〟。

六階層のボーンゴーレムやゾンビキメラといった上位種が現れる〝帰還兵を処刑した広場〟。

そしてボス部屋のみの最下層〝無念を鎮める剣墓〟。

普段であれば魔物の出現率も高くなく、五階層までならそこまで危険度は高くないダンジョンなのだが……。

「〝付与・炎〟」

付与魔術で武器に炎を纏わせると、突進してくるゾンビキメラをすれ違い様に斬りつける。腐った脚が斬り落とされ、転んで無防備になった首を手斧で斬り落とした。

「まだ五階層だぞ……」

ゾンビキメラが魔石となるのを確認してから先に進む。上の階層に下の階層の魔物が上がってきているという事態はかなり深刻なものだった。

六階層に下りると空気がより重く感じる。それでも先行したパーティが倒したお陰か鉢合わせる魔物の数は想定よりも少ない。

炎を纏わせた武器を松明代わりに進んでいくと奥から戦闘音が聞こえてきた。通路を抜けて広場へと出ると話に聞いていたパーティと思しき者達と鎧に身を包んだ骸骨が大剣を振り回していた。

(スカルジェネラル!?　ダンジョンボスが上がってきたのか!?)

剣士と槍使いが後ろの傷だらけの重戦士と魔術師を庇いながら戦っているが、二人とも消耗してるのか押されている。様子見の暇はないと判断して後ろから飛びかかるとスカルジェネラルが俺を察知して振り向き様に大剣を振るう。

「〝風跳(ウインドステップ)〟」

風の魔術で宙を蹴り上がって大剣を避(よ)ける。空中で身体(からだ)を捻(ひね)りながら右手の小剣を頭蓋へと突き込んだ。

「ガッ……」

スカルジェネラルが身体をぐらつかせた隙に着地すると、手斧に魔力を流し付与と強化を重ね掛けして膝裏……装甲の薄い部分に叩(たた)き込(こ)むと金属のひしゃげる音を響かせながら片足がふき飛ぶ。バランスを崩して倒れたスカルジェネラルの大剣を持った腕の肘に手斧を叩き込むと頭蓋に刺さったままの小剣を掴(つか)んで魔力を流した。

「寝てろ」

小剣で頭蓋を引き裂くと両手で小剣を握って魔力を込める。そして思い切り胸部に振り下ろして鎧ごと貫いた。

「ゴッ……」

スカルジェネラルの腕が力なく地面に落ちると身体が崩れていき魔石へと変わっていく。

振り向くと先ほどまで戦っていた剣士と槍使いが呆然(ぼうぜん)とした表情でこちらを見ていた。

「……ガランのパーティか？」

「あ……あぁ、アンタは？」

「ウォークリアから派遣されたベルクだ、状況を説明してくれ」

「っ！　そ、そうだ、早く助けを呼ばねえと！　殿（しんがり）を買って出たあいつが死んじまう！」

剣士は慌てながらも起きた事を話し出した。

ガランが率いるパーティは想定よりも多い魔物に驚きながらも順調に進んで最下層のボス部屋にいたスカルジェネラルを倒したらしい。臨時とはいえ白銀級と実力者を揃えた青銅級のパーティは危なげなくスカルジェネラルを倒したそうだ。

しかし倒して今回の原因を調べようとした途端、部屋の奥にある剣のオブジェから膨大な魔力と闇が噴き出すと見た事もない複数の黒い鎧の魔物が現れた。

即座に対応して戦っていたが一際厳（いか）つい鎧を纏ったリーダー格の魔物によってガランが致命傷を負わされ、囲まれかけたが剣士の一人が自ら殿を買って出て撤退する事ができたらしい。

そして上がってきたところを先ほどのスカルジェネラルに襲われ、そこに俺が来たという訳だ。

「状況は分かった、アンタ達はこのまま脱出して救援を呼んでくれ」

持っていた回復薬（ヒールポーション）を押しつけると自分も魔力回復薬（マナポーション）と体力回復薬（スタミナポーション）を飲み干し、瓶を捨てて武器を持ち直した。

「殿の救援には俺が行く」

そのダンジョンで魔力と共に無数の無念と共に沈んでいたそれは墓前の生者達を捉えながらも想(おも)いを馳(は)せた。

信仰の為に戦ったのにそれが報われる事はなかった。大義の為に戦ったのに人殺しと罵られた。剣と共に誓った誇りは誇りなき者に踏みにじられた。

昏(くら)き闇の底に落ちて尚(なお)、この無念は消えぬ。魂と同化したこの想いが朽ちる事などありはしない。ただただ踏みにじられた者達の想いは澱(おり)の如(ごと)く溜(た)まり、混ざり、混沌(こんとん)とした沼と化してついに我らは待ちわびた時を迎えた。

今こそ無念の沼より這(は)い出よう。混沌と化した魂を纏って再び地に立とう。我らは信仰に殉じた聖者であり、主(あるじ)に忠義を捧(ささ)げた騎士であり……。

正しき事の為に戦った聖戦士(クルセイダー)であるが故に、我らは奪われたものを取り返さん。

「てりゃあぁっ!!」

長く愛用してきた長剣を横薙ぎに振るう。黒い鎧を纏った兵士の様な魔物を三体まとめて斬り裂くとその身体は水に溶けたかの様に崩れ落ちた。

「これで……八体目」

長剣を構えながら奥を見据える。そこには黒い兵士に守られる様に一際大きく厳つい鎧の魔物が大将の如く立っていた。

「リビングメイルにしては強過ぎるし……デュラハンともまた違う……面倒だからボスメイルで良いや」

記憶にあるどの魔物とも違う姿と放たれる圧に冷たい汗が流れる。今までで一番ヤバいと断言できる存在だけど、それはこの魔物が私の目的の魔物かもしれないという期待が高い事の証左だ。

「あいつを倒せば、私も……」

殿を買って出た甲斐はあった。そんな風に考えながら挑もうとするとボスメイルが腕を振るう。すると周りにいた兵士が溶けていなくなり、腰の剣を抜いて鋒をこちらに向けてから構えた。

「は？　今のって……」

思わぬ行動の意味を考える暇はなく、ボスメイルはその巨体からは予想できないほどの速さで距離を詰めて上段から剣を振り下ろしてきた。

「重……っ！」

虚を衝かれながらも振り下ろされる剣を受け止める。それで終わらず押し込まれて思わずたたらを踏むと再び剣が鋭い一閃となって迫り、受け止める度に火花が散る。

間髪容れずにあらゆる角度から迫る剣撃に背筋が震える。ひとつ判断を間違えれば、少しでも反応が遅れれば、その刃は一瞬で私の命を刈り取ると心の底から理解できてしまう。

「こ……のぉ！　〝燃焼閃刃〟！」

炎の魔術を長剣に纏わせて迫る剣を迎撃する。剣を弾いて生み出した隙を見逃さず、全力を乗せた一撃を胴に向けて放とうとした瞬間……。

「なっ⁉」

足下が沼の様になって体勢が崩れた。バランスを崩した一撃がいなされた直後に黒い手甲が鳩尾に突き刺さる。

そして黒い沼の様になった足下から幾つもの剣が飛び出して襲い掛かる。ふき飛ばされながらも、たった今ボロボロにされた防具がなかったら死んでたなと暢気な事を考えながらも地面を転がった。

「いったぁ……」

　おそらく今の剣はガランを倒した魔術だろう。あの時は気付いた時にはもうやられてたから分からなかったけど、こうして我が身で受けてみれば理解できる。

（傷が大きい、力が入らない……）

　すぐ傍（そば）に鎧の金属音が迫る。見上げると面頰（めんぼお）の奥に闇を宿した兜（かぶと）がこちらを見下ろしていた。

　ボスメイルが剣を構える。向けられた鋒は次に私の心臓を貫くと理解した瞬間に自分のこれまでの事が頭を過（よぎ）った。

（あー……これが走馬灯か）

　これから迫る死の恐怖からなんとか目を逸（そ）らしながらも最後に思い出すのは……。

「……ごめん、約束、守れなかった」

　眼（め）を瞑（つぶ）りながら呟く。全てを諦めた瞬間……。

　横から飛来した小さな斧がボスメイルの剣に当たり金属音が響いて剣が弾かれる。風が吹く。自分とボスメイルの間に誰かが割り込んで手にした小剣を振るうと、ボスメイルは大きく後退した。

「ギリギリ間に合ったか」

　剣とぶつかって落ちてくる斧を掴んだ男はそう言ってこちらに目を向けた……。

（危なかったな……）

　殿を務めていたのであろう剣士を背に庇いながら小剣を地面に刺す。今回の異常事態の原因であろう魔物に手斧（ておの）を向けながら回復薬（ポーション）を剣士の口へと押し込んだ。

「んぐっ⁉　……んっ……ぷは！」

「おい、あの魔物が何か分かるか？」

「……分からない、とりあえずボスメイルって呼んでるのと泥や剣を出す魔術を使うくらい」

「充分だ、後は俺がやる」

　小剣を再び手にしてボスメイルと対峙（たいじ）する。ボスメイルは剣の鋒をこちらに向けて構える。

　直後に距離を詰めて振り下ろされた剣を手斧と小剣を交差させて受け止める。ただ頭の中ではさっきの動作に疑問が浮かんでいた。

「なんで魔物が一騎討ちの礼を？」

　剣を相手に向けるのと先ほどの構えは古い時代の騎士が行う決闘の作法だ。今でも騎士がいる国では御前試合や模擬戦で行われている。

頭に浮かんだ疑問は押し込まれる剣を前に頭の片隅へと追いやる。魔力を滾らせて身体と武器を強化して一気に弾き返した。

「なんにせよ、受けてやるよ！」

小剣を逆手に持ち替えながら手斧を振るう。剣で防がれるが、すかさず小剣で下から斬り上げると手斧を鍔元で受け止めながら剣を動かして小剣を止められる。

（並の剣と腕じゃないな）

息つく間もなく両腕を振るって猛攻に入る。だがボスメイルはそれを剣で受け止め、鎧の表面で受け流してこちらの攻撃を的確に捌いていく。

一見すると俺が攻めている様に見えるが、実際のところはこのままでは疲弊したところを斬られるだけだろう。

「なら、〝風の加護〟！」

詠唱して全身に風を纏う。魔術の気配にボスメイルが警戒を強めるのも構わず小剣を突き出す。ボスメイルはこれまでの様に剣で防ごうとするが、纏う風が軌道を変化させて腹へと刺さった。

「っ！」

「まだだ！」

素早く小剣を戻すと風で加速させた手斧を叩き込む。続け様に風による加速と減速でタイミングをずらしたり、フェイントを入れる事で着実に攻撃を当てていく。

不意に足下が沈む感触が伝わる。足の甲まで泥に沈んで動きが止まったところにボスメイルが剣を真一文字に振るってきた。

〝風跳〟で泥を撥ね飛ばし跳躍して剣を避けると、風を纏った足で兜を蹴りつける。

その蹴りの威力にボスメイルは数歩後退するが即座に体勢を直して剣を構える。

（かってぇ……だが通じてる！）

これが冒険者として辿り着いた戦い方だった。兄貴は全属性の上級魔術を使えたが俺はどれだけ努力しても中級までしか使えず、しかも威力や効果も兄貴と比べれば拙いものだった。

だから魔術の威力を上げるのではなく、発動の速度と安定性をひたすら高めて自身の強化と補助を徹底的に鍛え上げる事で自分のアドバンテージを活かす形に変えた。これがあの窮屈な世界にいたままでは見出せなかったであろう俺らしい戦い方だった。

「らぁっ!!」

風を纏った手斧を振り下ろす。しかしボスメイルは剣で受け流すとそのままこっちに斬り掛かってくる。小剣で防ぐが伝わる一撃の重さに自分から跳んで衝撃を逃がしながら転がる。起き上がるとボスメイルは剣を構えたままゆっくりとこちらに近付いてきた。

(下手に攻撃するのはやめて魔力切れを狙ってきたか……それにあれだけ攻撃したのに動きが鈍くなった様子もない)

よく見れば傷が少しずつであるが小さくなっている様にも見える。時間経過で治るのだとしたら長期戦は消耗するこちらの方が不利だ。

(ポーションはさっきので最後だしな……次で勝負に出てみるか)

小剣をしまうと手斧を両手で持つ。そしてお互いにジリジリと距離を詰めていった。

あと一歩でボスメイルの間合いに入る。ボスメイルの剣と俺の手斧ではリーチに差がある以上、こっちが踏み込んでもボスメイルには届かない。

永劫の様に思えた睨み合いはボスメイルが剣を上段に構えた事で終わりを告げる。そして一拍の間を置いて踏み込むのと同時に剣を振り下ろしてきた。

(ここだ！)

こちらに迫る剣に手斧をあてがう様に振るう。そして剣が手斧の刃元の内側に当たった瞬間、全身を捻る様にして手斧を回転させて剣を巻き上げ、弾き飛ばした。

「オォォォラァァァァッ!!」

弾かれてがら空きになった胴に風と火を付与して限界まで振りかぶった手斧を叩きつける。鼓膜が破れるのではないかと思うほど凄まじい音が部屋に響いた。

深々と腹に突き刺さった手斧が視界に映る。力を込めて鎧から手斧を引き抜いた瞬間……。

足下が黒い沼の様になり、幾多もの剣が飛び出してきた。

「なっ⁉」

風を使って退がるも喉元に迫る剣を手斧で防ぐ。だが剣の威力を殺すには至らずにふき飛ばされてしまう。防ぐのに使った手斧の刃には罅が入っていた。

ボスメイルは周囲に出した剣の一振りを手に取る。さっきの剣よりも倍近い幅に身の丈と同じくらいの刃長の大剣を片腕で振るってみせた。

「腹に穴空いたくらいじゃ死なないってか……」

しかも大剣に持ち替えたのはさっきの様に弾かれない為だろう。流石にあれだけの大きさの刃を受けて弾く事はできないし、手斧とて刃に罅が入ってるから尚更だ。

ボスメイルは大剣を構えると真っ直ぐにこちらへと迫る。即座に横に避けるがすぐ傍で振るわれた剣圧が身体に吹きつけて冷や汗が流れた。大剣が再び振るわれる。さっきの剣が鋭く疾いのに対してこっちは重くてデカい。避ける事はできるが放たれる剣圧は防御したら防御ごと叩き斬られると分かってしまう。

（だが……）

腹の空いた穴から黒い泥の様なものが溢れ出る。流石に先ほどの一撃は無視できないのか、魔術を使う気配もなく動きも直線的なものになっている。

とはいってもこちらは手斧が限界を迎えており、魔力も大半を使って疲労も蓄積している。対してあちらはダメージを負ってはいるが攻撃は苛烈さを増し、動きが衰えた様子もない。

「はは……」

それでも脚は動くし指に力は残っている。思考になんら曇りはない……まだ戦えると訴える全身に笑みが浮かぶ。

手斧をしまって小剣を両手で構える。ボスメイルもそれに応える様に構えると少しして同時に動いた。空を裂いて迫る大剣を避ける。小剣で腹を狙って斬りつけるが籠手で防がれる。繰り出された脚甲を後ろに跳んで避ける。大剣を振りかぶって迫ってくるのをあえて踏み込んで力が乗る前に受け流して凌ぐ。

「はは！　強いな！」

ボスメイルの暴風の如き剣撃をいなし、捌いていく度に精神が研ぎ澄まされていく。思考が余分なものを削ぎ落として加速する。迫り来る致命の刃を潜り抜けて持てる武器と技を叩き込む。

（もっと速く！　もっと強く！　もっと!!）

風を纏いながらボスメイルの右手首を斬りつける。やはり関節部が他に比べて治るのも早いがその分だけ脆い。

ボスメイルが大剣を薙ぎ払った瞬間、地面に這いつくばる様な体勢で身体を落として避けた直後に全身のバネを使い跳び上がって斬り上げる。鎧の隙間を狙った一撃は左腕を肘から斬り落とした。

「――――――――ッ!!」

ボスメイルが叫びとも思える様な音を響かせながら、放ったタックルを受けてふき飛ばされる。体勢を直しながら着地するとボスメイルは片腕で大剣を再び薙ぎ払ってきた。

「がっ……！」

小剣で下から大剣の腹へと打ちつけて軌道を上に逸らす。衝撃で手から離れた小剣は砕けて破片を散らしながら地面に落ちた。

ボスメイルが大剣を振りかぶって上段で構える。そして小剣を壊されながらも受け流したままの体勢でいる俺にトドメと言わんばかりに振り下ろし……。

（ここだ!!）

大剣が振り下ろされる寸前に左手で引き抜いた手斧を右手首に叩きつける。柄を通して刃が壊れていくのを感じながらも振り抜くと、刃が砕けるのと同時にボスメイルの右手首が大剣ごと宙を舞った。

「〝風跳〟！」

纏った風を全て使って飛び上がると大剣を掴み、残った魔力を全て身体強化に注ぎ込んで想像以上の重さの大剣を気合いと共に振り下ろした。

「これで終わりだっ!!」

大剣が地面を斬り裂く音が響き渡る。振り下ろした体勢の俺の前では縦に真っ二つとなったボスメイルの姿があった。

……ミゴト。

頭の中でそんな声が聞こえた気がした直後にボスメイルの姿が黒い砂の様に崩れていく。だが崩れたそれは意思を持つかの様にこちらに迫ってきた。

まだ終わってないのかと身構えたが、それは手と大剣に集まっていく。黒煙に包まれたかの様な状況は長くは続かず、黒煙が収まると手にしていた大剣は漆黒の小剣と手斧になっていた。

「カオス……クルセイダー？」

頭の中に響いた声を呟くと同時に全身に何かが流れ込んでくる様な感覚がして意識が遠のく。他にも魔力を空になるまで使ったのと張り詰めていた緊張の糸が切れた事で限界が来たのかと他人事の様に思った。

意識を失う直前、誰かに呼ばれた気がした……。

目を覚ますと白い天井が視界に映る。漂う薬品の匂いから治療院だと察してベッドから起き上がると両手に何かを持っている事に気付く。

「……ん？」

手には意識を失う前に手にした漆黒の小剣と手斧があった。

意識が朦朧として見た幻じゃなかった事や、何故これを手にしたまま眠っていたのかと疑問を浮かべているとドアが開かれ医者らしき人が入ってきた。

「目が覚めた様ですな、丸一日眠っていたのですがお身体に異常は感じられますかな？」

「いや、特に問題はないが……」

「……あぁ、そちらの武器は私達では外す事ができなかったのでそのまま治療させて頂きました」

一瞬呪われているのかと思ったが普通に手を離せた。それだけ強い力で握り締めていたのだろうか。

ひとまず検査を受けて問題なしと診断を受けると、馬車に乗ってウォークリアまで戻る。

普段は身体強化で走った方が早いのだが病み上がりなのもあってゆっくり戻る事にした。

「見た事もない魔物か……考えられるのは突然変異だがボスとなるとかなり稀有な例だね」

ギルドマスターが腕を組んで思案に暮れながら呟く。突飛な内容の報告を信じてもらえるか不安だったが杞憂だった様だ。

「ボスの突然変異なんてあるんですか？」

「まあ魔物の突然変異、それもボスとなると数十年に一度あるかどうかのものだが前例はあるからね。勿論他の可能性も考えられるが今のところは突然変異が一番妥当だろう」

そこで話が区切られるとギルドマスターの視線はふたつの武器に注がれる。机には漆黒の小剣と手斧が置かれていた。

「そしてこれがボスを倒して手に入れた武器か」

ギルドマスターがゆっくりと手を伸ばす。だが触れようとした瞬間に武器から黒い電気の様なものが生じて手を弾いた。

「大丈夫ですか？」

「あぁ。しかしレアドロップが実在したとは……」

「レアドロップ……」

聞き慣れない言葉をオウム返しに呟く。するとこちらの意図を察してくれたのか説明してくれた。

「魔物は倒すと魔石になるだろう？　それが武具やアイテムとなるのをレアドロップと言うんだ、といっても私自身実物を見るのは初めてだし、報告を聞くまではお伽噺の類いとさえ思っていたよ」

「……これはどうすれば良いですかね」

「そのまま君が持っていると良い。原則として依頼されたもの以外のダンジョンで得たものは手に入れた冒険者のものだからね。それに君だけしか触れられないのではこちらが買い取っても意味がない」

そう言われてひとまずは腰のベルトに納める。手にした時もそうだが不思議とこの武器は自分に馴染む感じがした。

「これがレアドロップだとして、どういうものなんでしょうか？」

「そればかりは私もお手上げだ。なにせレアドロップは伝説の中だけのものだと思われていたから詳細が分からないんだ。そこでだ……」

そう言って再び腕を組むと一枚の依頼書を差し出してくる。それを受け取ると依頼名にはレアドロップの調査と書かれていた。

「君にその武器の詳細を調べて欲しい。その武器の性能は勿論手に入れた時の状況からレアドロップが起こる条件、どんな魔物がレアドロップをするのかといった事もね」

「自分も何も分かってない状況なんですが……」

「それでも君はうちで初めてレアドロップを手にした冒険者だからね。それに調査といってもそれだけをやれという訳ではなく、何か気付いたら報告をして欲しいくらいのものだ、そこまで身構えなくて良い」

つまりは片手間に気付いた事があったら報告を上げる程度で良いという事か、それならば別に受けても良いだろう。

「分かりました、引き受けます」

「ありがとう、それとこれを……」

ギルドマスターは引き出しから小さな盆を取り出す。盆の上には白銀に輝く冒険者タグがあった。

「今回の功績と将来性を踏まえて君の昇級が認められた。これからは全ての冒険者の手本となる様により精進を頼むよ」

タグには冒険者としての俺の名前が刻まれていた……。

諸々（もろもろ）の手続きを終えて冒険者ギルドを後にしようとする。

生きてきた中でもかなり濃密な日々が終わったと思いつつ、明日はどうしようかと考えながら出口に向かうと……。

「あ」

手を掛けようとした直前にドアが開かれ、見覚えのある剣士が入ってくる。

（……あの時は切羽詰まってて気付かなかったが女だったのか）

改めて見ると美しい容姿をしていた。メリハリのあるスタイルを剣士の装いに包み、腰まで伸ばした金色の髪をなびかせたその少女は俺の顔を見るなり目を輝かせた。

「見つけた！　やっぱりこの街にいたんだ！」

少女はあっという間に距離を詰めてくる。両手で俺の手を掴むと叫ぶ様に声を上げた。

「ねえ！　貴方(あなた)の武器を見せてくれない⁉」

どうやら俺が助けた少女は少し変わり者だったらしい……。

「ごめん、取り乱しちゃった」

場所を変えて話そうと移動している間に落ち着きを取り戻したのか、少女は謝ってきた。

ひとまずはパーティの打ち合わせや交渉に使われる席が仕切られた酒場に行くと、向き合う形で卓についた。

「それにお礼と自己紹介が先だよね。私はアリア、あの時は助けてくれて本当にありがとう」

「ベルクだ、どういたしまして……と言うべきか？」

「あはは、それでさ……恩人に対して厚かましいお願いだとは分かってるんだけど貴方の武器を見せてくれないかな？」

「一応聞くが何故だ？」

「それがレアドロップだからじゃ理由にはならないかな？　あの時の事は私も見てたから

ね」

どうやら気を失う直前に聞いた声はアリアのものだったらしい。だとすると誤魔化しても無駄だろうし盗まれる事もない以上、見せるくらいなら良いだろう。

腰に差していた小剣を卓に置く。アリアはまじまじとそれを見ると少しだけ指を近付けるがやはり黒い電気が走って指を弾いた。

「あてて……やっぱり駄目かぁ、あー折角のチャンスだったのにぃ……」

「チャンス？」

「ようやくレアドロップする魔物と会えたのに力不足で倒せなかった……レアドロップを手に入れる為に家を出て冒険者になったのに……」

そう言ってアリアは突っ伏す。だが少しして顔を上げた彼女は何かを決意した様な表情をしていた。

「ねえ、私がレアドロップを手に入れるのに協力してくれない？」

「何？」

「私はどうしてもレアドロップを手にしたいの、でも私だけじゃまだ届かない……だからあの魔物を倒した貴方の力を貸して欲しい」

そう言うアリアの眼には強い熱が宿っていた。理由は分からないが彼女が本気で言っているのだと分かった。だが……。

「……報酬は？」

冒険者として頼まれた以上、タダで命は懸けられない。今回は倒す事ができたがあのレベルの魔物とまた戦うとなると相応の見返りが欲しいところだ。

「そうね、私がレアドロップを手に入れたらなんでもするとして……前払いとして私が知ってる限りのレアドロップに関する情報を提供するのはどう？」

「情報？」

「それを手にした時に声が聞こえたんじゃない？」

言われて少しだけ眉を動かしてしまう。カマを掛けられているのかと考えて僅かな時間黙ってしまい、アリアはそれで察したようだ。

「その声は貴方が倒した魔物、そしてその武器の声よ。レアドロップには人みたいに強い自我や意思というべきものが宿ってるの」

「武器の声……」

「あと所有者しか使いこなせないのもレアドロップの特徴のひとつだけど……実は持つくらいなら大丈夫なのもあるのよ、貴方のはかなり気難しいみたいだけどね」

「……その情報はどこから得た？」

レアドロップはギルドマスターすら詳細を知らなかった。だというのにアリアは見てきたかの様にレアドロップに関する知識を有している。

「ここから先は貴方が受けてくれたら教えるわ。私の話が信頼できるものだと分かってもらうには私の言いたくない事まで言わないといけない……だから決めて。私の話を戯れ言と流して終わりにするか、私の話に乗るか」

……どうしたものか。勘でしかないがアリアは嘘は言ってない。ただし、厄介な事情を抱えている気がする。受ければ面倒事に関わる事になりそうだ。

冒険者として気楽な生活が崩れるかもしれない。そんな予感がするが……。

(貴方の力を貸して欲しい……か)

心の奥底から湧き出る想いに嘘はつけなかった。

「分かった、協力しよう」

「本当⁉　後からイヤだとか言わない？」

「二言はない」

俺の返事を聞いてアリアは花の様に笑顔を綻ばせて小さくガッツポーズを取る。もう少し見ていたいところだがそうもいかない。

「それで、話してもらえるよな」

「うん！　もはや私達は一蓮托生、一心同体なんだから全部話すわ！」

彼女はそう言うと長剣の鍔にある装飾を外す。その下に彫られていた獅子と剣……とある国の紋章に目を疑った。

「私はアルセリア・リーシュ・ミルドレア、ミルドレア帝国の第三皇女なんだ」

継承権とかは家を出る時に破棄しちゃったけどね、と彼女は笑いながら驚愕の事実を伝えてきた。

「……皇女？」

想定外の告白に自分でも間抜けな声が出る。アリアは悪戯めいた笑みを浮かべながら頷いた。

「ええ、一年くらい前に家出したから今はただのアリアだけどね」

「……なんでそこまで明かした？」

「これから話す事を信じてもらいやすくする為かな。ミルドレアの紅獅子伝説は知ってる？」

「……〝建国武帝〟初代ミルドレアの話か」

かつての婚約者がミルドレアと関わる家だったから勉強した中にあった話だ。当時幾多の小国に分かれ争っていた地を紅の獅子を伴った少年……後のミルドレア帝が平定したというものだ。

「これは皇族に伝わる話なんだけど、ミルドレア帝が伴った紅獅子はレアドロップ……私達は皇器って呼んでるものだったんだよね」

「な……」

「紅獣咆剣〝ジャスティレオン〟って言ってね。ミルドレアはそれを研究したり当時の手記から情報を得たりしたの。その成果として、強い力と人間に匹敵する知性や意思を持つ魔物は自身を倒した相手を認めた時に武器になる可能性が高いと結論づけられてたわ。そして君が私の前でそれが正しかったって証明してみせたしね」

言われて思い当たる節はある。あの魔物……カオスクルセイダーは明確な意思を持っていた。複数の魔物を出せるのにもかかわらず決闘の作法として一騎討ちに拘る姿勢、更には魔術もこちらが使ってから使うという後出しの姿勢だった。

正道を貫こうとする騎士、それが戦っていた時の印象だった。

「一国が実物を研究した成果と考察か。確かに信用できるものだな」

「でしょ？」

「……だが明かしても良いものなのか？　どう考えても国家機密に値する情報だと思えるが」

「んー……まあ、信頼して欲しいっていうのもあるし、君が言いふらすような人には見えないからっていうのもあるし。後は私だけ出自を知ってるのはフェアじゃないってのもあるかな？」

「何？」

「結構話題になったんだよ？　神童の逆鱗だった弟セルク＝グラントスの失踪によるベルガ王国の内部変革ってね」

伝えられた情報量の多さに一瞬だけ頭が真っ白になりかけたがすぐに気を取り直す。

「……何故俺がセルクだと？」

色々と聞きたいことはある。だが、まずはアリアが俺をセルクだと見抜いた事に疑問を抱いた。

今の姿は当時と違い伸ばしていた黒髪を適当に短くしており、身なりも飾り気のない服の上から部位鎧や武器を身に着けている。客観的にも貴族の子には見えないし、貴族の子が開拓地の最前線で冒険者をしているなど普通は考えないだろう。

「んー、君が失踪した時に人相書きがミルドレアにも届いててね、私も城を抜け出して街に行った時にそれを見たんだよね」

さらりと日常的に城を抜け出していた事を明かしながらアリアは話し出した。

「二年前の人相書きなんてよく覚えてたな」

「私もその時はあまり気にしてなかったよ。ただその後に起きた事の衝撃が大きくて、その引き金になった君の名前や人相は結構有名になったんだよ」

「何が起きたんだ？」

「ベルガ王国の学園教師や関係者の不正が明らかになって失脚したり人事異動が相次いだのよ。中には要職にいた貴族もいて、そんな事があれば運営がガタつく筈なのに滞りなく事を成したのがバドル＝グラントスなの」

それを聞いて思わず息を呑む。兄貴ならば確かにそれくらいできるだろうが俺が家を出た後にそんな事をしているとは想像もしていなかった。

「そういう事情もあって君の事は印象に残ってたんだよね、人相書きも凄く似てたし」

「……そうか」

「あー……まあ、とりあえずはさ、そういうのもあって気が合うかなって思ったの。お互い事情はあれど家出した者同士っていうのも中々ないでしょ？」

アリアは俺の空気が重くなったのを察したのか努めて明るくしようとする。店員を呼ぶと二人分の酒を頼み、運ばれてきたジョッキのひとつを渡してきた。

「とりあえず飲みましょう！　パーティ結成記念とレアドロップゲットを願ってさ！」

「……そうだな」

考えなきゃならない事や思う事はあるが今はよそう。得た情報が濃密過ぎて混乱した頭じゃまともな思考はできないと判断してジョッキを手にした。

「それじゃ乾杯！」

「乾杯」

ジョッキをぶつけて呷る。ひとまず考えるのは明日からにしようと、久しぶりに酒を飲んだ……。

翌朝、目を覚ますと裸のアリアが同じベッドで寝ていた。
（や、やらかした……）
横ですやすやと寝息を立てるアリアを見て昨日の酒の酔いが一瞬でふき飛ぶ。しばらく酔うほど酒を飲んでいなかったから自分の悪癖を忘れていた。
一年位前の事だ。先輩冒険者に誘われて娼館に併設されてた酒場で飲んでいた。先輩が早々に相手を選んでからは一人で加減も分からず飲んで酔った俺は四人の娼婦を抱き潰してしまった。

　幸か不幸か俺は酔っても記憶が残るタイプだ。朝になって酔いが覚めた俺は娼館の主人に「お若いですな」と苦笑されながら金貨を支払う事になり、先輩冒険者からは「化物かお前は」と引かれた。

　それ以来、酒は寝付きが悪い時に一杯飲む程度で酔うまで飲まなくなったが、昨日は完全に飲み過ぎた。よりにもよって皇女に手を出してしまうなど責任を取るには極刑以外ないだろう。

「う、ん……」

　俺が頭を抱えているとアリアが瞼（まぶた）を擦（こす）りながら起き上がる。無防備な顔でこちらを見るとピタリと動きが止まった。

「えっと……」

「へ？　え、あっ、えぁ？　……あ……」

　アリアは俺に気付くと耳まで紅（あか）くしてシーツで肌を隠しながら改めてこちらを見た。

「お……おはようございます？」

　羞恥に染まりながらこちらを見る姿は昨日とは違い年相応の少女に見えた。

「いやぁ、初めてがこうなるのは予想してなかったなぁ」

「……すまない」

宿を出て冒険者ギルドにある酒場の一角に向き合って座る。折り合いをつけたのか、普段の調子に戻ったアリアは微笑みながら話し始めた。

「ベルクって見かけによらずケダモノなのね。あんなに荒々しくされて今でも身体が少し痛むもの」

「うぐっ……」

「報酬の前払い……という事にしても良いけど、どうする？」

「……それで良いのか？」

「ベルクなら特別に。だけど私の純潔を奪ったからにはきっちりしてもらうけどね？」

「分かった、それで良い」

アリアがそれで良いと言うなら良いのだろう。結果として首が飛ばなくて済んだと考えれば悪くない。

「それで本題なんだけど……これからどうするの？」

「そうだな、ひとまずは依頼をこなしながらレアドロップしそうな魔物の情報を集め……」

思考を切り替えて話し始めようとすると、頭の中に情報が流れ込んでくるかの様な感覚が起きる。そしてあの声が聞こえてきた。

「東の……火の洞」

「どうしたの？」

「少し待ってくれ」

鞄(かばん)の中から周辺の地図を取り出してテーブルに広げる。街やダンジョンの位置等を書き込んである地図上で、今いるウォークリアから東へと指を這(は)わせる。

「これだ」

ひとつのダンジョンの上で指を止める。アリアも覗(のぞ)き込む様に指差した先を見てダンジョンの名前を口にした。

「〝情欲の火口〟……確か大規模一歩手前の火山のダンジョンだったよね？」

「あぁ、ここにレアドロップする魔物がいる」

「どうして分かるの？」

「こいつがそう言ってる」

腰に差した武器を軽く叩く。アリアはそれで察した様だ。頷くのを確認して次へと話を進める。

「ひとまずダンジョンの情報収集と準備だな、行った事はあるか？」

「あるけど随分と前だから道具は買い直した方が早いかな。今から買いに行かない？」

「そうだな、今日明日は準備とダンジョンをどう進むかを決めるか」

そうしてアリアと共にダンジョンの情報を元に攻略の進め方を話し合い、必要なものを買いに行ったんだが……。

「同じ宿なのか？」

「そうよ？　というか貴方と同じ部屋だし」

「……何？」

「昨日一緒に泊まったじゃない」

「それはそうだが……」

「今更でしょ？　昨日は払ってもらったけど自分の宿代くらいは出すわよ。それに……」

アリアはそこで区切ると俺を引き寄せて耳元で囁いた。

「……私、これでも初めてには憧れを抱いていたのよ？」

それは余りにも甘美な声と言葉で。

「きっちりしてもらうって言ったでしょ？　初めてが酒の勢いでなんてイヤだから、今日はちゃんとして……ね？」

それに抗(あらが)えるほどの理性はなかった。

（寝ちゃった……）

隣で寝息を立てるベルクを見ながら指で頬(ほお)をつついてみる。こうして見ると目付きは鋭いが整った容姿をしているなと改めて思う。

それでいて身体は無駄を一切削(そ)ぎ落(お)として必要な筋肉だけをつけた様な理想的な体型をしている。触れてみるとしなやかさと硬さが同居した様な心地よい感触がした。

「狂戦士(バーサーカー)みたいに荒々しいだけかと思ったら優しくもできるのね」

そんなベルクを不思議に思いながら考えるのは彼の経緯(いきさつ)だ。今更ながら何故ベルクが過去を捨てて冒険者という危険な道を選んだのか気になる。

兄のバドルは知っている。まだ二十代という若さで国内の勢力図を塗り替えベルガ王国の中枢にいるのだから、その能力や才覚は怪物と称されるのも頷ける。

対してベルクの評価は凡庸だったがそれが信じられない。我流で鍛えたというあの戦い方を見ればベルクの戦闘センスもまた怪物と称されるほどのものだと言える。

「私の国ならどの騎士団も貴方を欲しがるわ」

そう呟いてはたと思い出す。ベルガ王国は魔術による戦闘が主体となっている為か、武術は基本的に学園を卒業してから騎士団等の役職に就く者が本格的に教わる程度と聞いていた。

ベルガ王国の学生が習う武術は格式ばったもので実戦向きと言えるものではないと内心思っていた。

（ベルクの才能は格式ばった武術では活かせないんだもの……評価はされなかったでしょうね）

自分のと比べて硬い髪に触れながら思う。ベルクが国を出たお陰で彼と出会えたのは幸運だった。

正直ここまでしようとは思ってなかったが、結果的に好きでもない誰かに奪われるよりは、気になり始めていたベルクに捧げて良かったかもしれない。

「改めてよろしくね、ベルク」

そっと呟きながら私も眠りについた……。

〝情欲の火口〟は火山がダンジョンと化したものだ。内部から火口に向けて登っていく構造になっており、登っていくにつれて出現する魔物が強くなり環境も厳しくなっていく。

それでもこのダンジョンで手に入る宝石の美しさに魅入られて冒険者達は奥へ奥へと誘われる。まるで情熱に浮かされた若者の様に。

第一階層〝再会を願った道〟を汗を拭いながら進んでいくが……。

「あっつい……」

アリアが胸元を扇ぎながら呟く。今は重要な箇所だけを守る軽鎧を着ていてもダンジョンの熱気は辛いものだった。

「入ったばかりだがこの熱気は確かにキツいな……使うか？」

「そうね……出し惜しんで倒れたら元も子もないし」

鞄から魔道具を取り出して握り込む、魔力を流し込むと二人の身体を包む様に冷たい空気が覆った。

「実際に使うと本当に凄い。魔道具職人にもなれるんじゃない？」

「魔石に術式を刻めるだけだ。それ以上は習得する時間がなかった」

「それだけでも充分凄いんだけど……」

今使ったのは俺が魔石を用いて作った使い捨ての魔道具だ。職人が作った魔道具ならば半永久的に使え、より効果があるのが作れるが俺の腕では使い捨てな上に戦闘に使えるレベルのものは作れなかった。

「多めに作ってきたが足りるか分からない。なるべく急ごう」

「そうね、それの検証もある訳だしね」

アリアが俺の腰に差している武器を見ながら言う。それに頷きながら進んでいると複数のサラマンダーとファイアエレメンタルが道を塞いだ。

「……サラマンダーは任せていいか」

「ええ、すぐに終わらせるわ」

互いに武器を抜いて駆け出す。漆黒の小剣と手斧(ておの)を手に三体のファイアエレメンタルへ向かうと牽制(けんせい)とばかりに火球を放ってきた。

火球を斬り払って宙に浮かぶ一体の肩に手斧を叩き込んで地面に落とす。地面に落ちたエレメンタルの頭に小剣を突き立てると身体が霧散して魔石に変わっていく。

二体のエレメンタルが挟み込む様にして炎を放ってくる。転がって避(よ)けながら向き直ると再び挟み撃ちで迫ってきた。

（片方をなんとか……）

武器を握り直した瞬間に再び頭の中に声が流れてくる。一瞬の事ではあったがすぐさま行動に移す。

放たれる炎を掻(か)い潜(くぐ)りながらエレメンタル達の間に入り込む。そして手斧と小剣の柄(つか)頭(がしら)を合わせると一瞬でひとつの斧槍(ハルバード)となって手に収まった。

その場で一回転する様に斧槍を振るう。エレメンタル達は黒い風と化した刃(やいば)によって斬り裂かれて、霧散すると魔石となって転がった。

アリアの方に目を向けると彼女もサラマンダーを倒し終えていた。魔石を回収して向かうと手を振って近付いてきた。

「凄いわね、形状を自在に変えられる能力なんて初めて見たわ」

「というよりは……いやまだ確証がないな」

念じると斧槍から手斧と小剣に戻る。他にも変化させる事ができそうだが、それはこれから試していくとしよう。

「知ってはいたが良い腕をしているな」

「剣一本だけ持ってここまで来たからね。これでも勝てなかったのはあの魔物くらいなのよ」

「そうか、次は合わせてみるか？」

「そうね、付け焼き刃でも連携がどれぐらいできるか試したいし」

相談しながらも奥へと進んでいく。そうして互いの力量を確認しながら最奥にいるであろう存在に向かって……。

「逢瀬(おうせ)に涙した間」、「別離に苦しんだ渓谷」と刻まれた階層を越えて最上層「不死者が身を投げた火口」へと辿(たど)り着く。

円形の窪(くぼち)地の中心には強い熱と光を発する火口がある。二人で火口に向かって歩いていると火口から六メートル近い大きさの竜が勢い良く飛び出してきた。

「ファイアドレイクだ、気をつけろよ」

「ええ、そっちもね！」

互いに武器を手に二手に分かれる。ファイアドレイクが翼をはためかせてアリアにブレスを放とうとした頭に手斧を投げる。

手斧は狙い違(たが)わず命中してブレスを吐くタイミングを遅れさせる。その隙にアリアは身体強化で加速しながら跳躍すると片翼を斬り裂いた。

「————ッ!!」

ファイアドレイクは咆哮を上げながらもブレスを撒き散らして地面に降り立つ。俺はブレスを掻い潜って懐まで迫ると手元の小剣を長剣へと変化させて振り抜いた。

脚を深々と斬り裂かれながらもファイアドレイクは尻尾を振るってくる。即座に跳び下がりながら長剣を盾にして尻尾を受けるが、丸太の様な一撃は軽々と俺の身体をふき飛ばした。

「つぅっ……！」

地面を転がりながらも長剣を再び変化させる。ファイアドレイクは再びブレスを吐こうとしたが、背後からアリアが近付いて尻尾を半ばから断ち切った。

（竜の鱗と骨を斬れるとはな……）

ファイアドレイクは反転して鋭い爪をアリアに振り下ろす。だがアリアはそれを流麗な動きで避けると、続け様に放たれる攻撃を捌きながら斬りつけていく。

感心は隅に追いやってその間に変化させていた弓矢を構える。引き絞った弓から魔力を込めた漆黒の矢が放たれファイアドレイクの眼を穿った。

「————ッ!?」

眼を穿たれた痛みに苦悶の声が上がった瞬間に、アリアは逆袈裟に長剣を振るって片腕を斬り落とす。そして勢いのまま身体を回転させてファイアドレイクの首を斬り落とした。

　魔石を拾うアリアの方へ向かいながら武器を元のふたつに戻す。今の俺ならふたつまで武器を出せるようだ。

「お疲れ様、仮にもボスをこんな簡単に倒せるなんて思わなかったわ」

「二人ならこんなものだろう、それより……」

　話もほどほどに中心の火口へと近付く。アリアは火口を覗いてみるが溢れる熱気に思わず顔を引いた。

「改めてやるとなると少し怖いわね……」

「戻るか？」

「冗談、ようやく得たチャンスを無駄になんてしないわ」

　強い覚悟を宿した瞳に見返される。愚問だったと少しだけ笑いながら火口へと向き直った。

「なら行こう」

　自分とアリアに風を纏わせると火口の中に飛び込む。続けてアリアも飛び込んで火口の中へと落ちていった。

　瞼越しでも炎の光を感じ取って眩しい。纏う風を貫いて熱気が肌に刺さった。だが身体や衣服が燃える事はなく、少しして光と熱から突き抜けたのを感じ取ると、目を開けて纏った風を下へと放つ。

風は落下速度を殺して二人をゆっくりと地面に降り立たせる。見渡すとそこは円形の広大な部屋で壁際を堀の様に溶岩が流れており、壁には色とりどりの宝石や鉱石がちりばめられていた。

「はははははは、よもやここまで来る者がいるなど予想していなかったぞ」

突然響いてきた声に身構える。声のする方へ振り向くと、そこには玉座を思わせる豪奢（ごうしゃ）な椅子が置かれた間があり、その上で炎が燃え上がって徐々に姿を形作っていく。

「とはいえ折角（せっかく）の客人だ、名乗るのも一興よ」

それは妖艶な女の姿をしていた。類稀（たぐいまれ）な美貌に豊満な胸。それでいてくびれた腰にすらりとした脚とくれば男女問わず魅力的だと思うだろう。

だが毛先が焔（ほのお）の様に揺らめく紅蓮（ぐれん）の髪と背の翼が彼女を人ならざる者だと物語っていた。

「我はルスクディーテ、よくぞ我が下に辿り着いたな人間」

ルスクディーテと名乗る魔物は妖しい笑みを浮かべて俺達を見据えてきた。

「む？　よく見れば貴様のそれは我が同胞ではないか」

ルスクディーテは俺が手にしている武器……カオスクルセイダーを示す。

「同胞……お前はこいつの仲間なのか？」

「自由意思を得た人ならざる者、という意味での同胞であり仲間とはちと違う。そやつが目覚めたのは感じ取っていたが早くも人間に与するとはのう」

ルスクディーテはどこか値踏みする様な視線を向けてくる。ほぅと艶かしい息を吐くと優雅に脚を組み直した。

「まあ貴様への興味は尽きぬがそれは後にしよう。我に用があるのはどうやらそちらの娘の様だからのう」

鋭い爪のある指先で隣にいるアリアを示す。アリアは意を決した様子で前に出て問いかけた。

「強大な魔物が武器になったもの、私達はレアドロップと呼んでるものが欲しいの……ルスクディーテ、貴女は武器になれる？」

「ほう……」

アリアの問いかけにルスクディーテは口元に指を這わせながらアリアを見る。そして徐に口を開いた。

「結論から言えば可能だ……だが我が貴様の武器になるという事はない」

「……どうして？」

「簡単な話よ、何故我より弱い者に与しなければならんのだ」

吐き捨てる様に答えるとアリアを指差してルスクディーテは続ける。

「我の様に自由意思を持つ者にとって、武器になるというのは心から忠誠を誓うのと同義、ここまで来れた事は褒めてやるがそれはまた別の話……だがお主達が我の出す試練を成し遂げられれば考えてやろう」

「試練？」

「そうじゃ、お主達で我が出す試練を成し遂げてみせよ。その暁には娘……お主の手中に収まるのもやぶさかではない」

アリアがこちらに顔を向ける。俺がそれに首肯で答えるとアリアは向き直って言葉を紡いだ。

「分かったわ、その試練とやらを受けさせて」

「ははは、その意気や良し、では……来たれバルログ」

ルスクディーテは立ち上がると指を鳴らす。すると俺の足下から火柱が噴き出した。

俺とアリアは弾かれる様に火柱を避けるがそこから飛び出たものが俺に迫る。手斧で防ぐとそれは燃え盛る鞭だった。

手斧に巻きついた鞭はそのまま火柱と共に上に昇っていき、つられて俺も引っ張られて再びあの火口の中へと昇っていった……。

「ベルク！」

上へと連れていかれたベルクを見上げながら叫ぶ。すぐさまそれを引き起こした方に向き直るとルスクディーテは燃え盛る翼をはためかせて近くに降り立った。

「そう焦るな、あやつが助かるかどうかは貴様次第よ」

「……これが試練って訳？」

「そうじゃ、タイムリミットはあやつが殺されるまで、その前に我を屈服させるなり与するに値すると認めさせてみよ」

「……っ！」

長剣を引き抜いて構える。そして魔力を長剣と身体へ込めて斬り掛かった。ルスクディーテは自らの爪で長剣を受け止める。そして空いた手に炎を生み出して放つ。

即座に後ろに跳んで炎を避ける。ルスクディーテは爪を口元に這わせながら妖しい光が灯る瞳で上を見上げる。

「我は雄々しき者が好きだ。情欲を掻き立て昂らせてくれる者が好きだ。その点で言えば

貴様の番（つがい）は良かったが既に同胞が与しておるからな」

だから、と彼女は再び私を捉えた。

「我を手にしたいならば……あやつに負けぬくらい我を昂らせてみよ」

背の翼が激しく燃え上がった。

再び火口を昇って最上階の部屋へと戻される。鞭をほどかれ投げ出される形になるも宙で体勢を立て直して着地する。

相対するのはファイアドレイク並の体格の魔物だった。二足歩行の獅子（しし）に見えるが燃え盛る鬣（たてがみ）と角に蝙蝠（こうもり）の翼、手には炎の剣と鞭を握っている。

「バルログ……初めて見たな」

炎の悪鬼とも呼ばれる強大な魔物で、熟練の冒険者すら戦うのを避ける存在だ。少なくともこのダンジョンで出るという報告は聞いた事がなかった。

カオスクルセイダーを斧槍（ハルバード）に変化させて構える。バルログを警戒しながらも火口に目を向けた。

（アリア……）

「はぁぁぁっ!!」

一息で踏み込んで長剣を振るう。ルスクディーテの首、胸、腹を狙って振るった連撃は扇の様に広がり伸びた指の爪でことごとく防がれた。

「速さも重さも悪くはない……が、足りぬ」

火花を散らしながら長剣が弾かれると続け様に爪による斬撃が迫ってきた。

「くっ!!」

振り下ろされた五爪(ごそう)の衝撃が受け止めた長剣を通して伝わる。連続で振るわれる爪は一度でも受け損なえば一瞬で八つ裂きにされると理解できた。

「……はぁ！」

「ほう」

爪を受け流して斬り返す。ルスクディーテは火の粉を散らしながら飛ぶと宙で身を翻して猛禽(もうきん)の様な脚と爪を繰り出してきた。

長剣で防ぐも衝撃を殺しきれず弾かれる様に後ろに飛ばされる。すぐさま構えるがルスクディーテはそのまま上昇すると頭上に火球を出現させた。

覆い尽くすほど広がった。

「燃え尽きるが良い」

火球に凄まじい熱が込められて落ちる。火球は部屋の中央に落ちると爆炎が部屋全体を覆い尽くすほど広がった。

「こんなところか……む？」

部屋の炎が消える寸前に飛び出してルスクディーテに斬り掛かるが、交差した爪で受けられてしまう。追撃すべく、『燃焼閃刃』を発動し噴き出す炎の勢いが乗った長剣でルスクディーテを地面へと落とすが、すぐさま身を翻してこちらを見た。

「……なるほど、炎に焼かれる直前にその技で炎を相殺したか、咄嗟の判断と行動にしては中々のものよ」

ルスクディーテはそう呟くと右手の爪を揃える。爪に炎が宿るとそれは凄まじい熱気を放った。

「なっ……」

「この技は我もバルログを屈伏させた時に使ったのでな」

そう言うとルスクディーテは炎を宿した爪で手刀を繰り出してくる。

炎の刃と爪による鍔迫り合いとなるがやがて地力の差が出てきて弾き飛ばされる。

「くっ！」

「終(しま)いじゃて」

体勢を立て直そうと立ち上がった瞬間、目の前には数百もの羽根の形をした炎が囲う様に展開されていた。

「剣の腕も悪くはない。我との力の差を理解しながらも臆する事なく食らいつく気概も見事……しかし情欲の焔たる我を昂らせるには至らぬわ」

ぱちんと指が鳴らされる。そして周囲の羽炎が一斉に自身に向かってきた。

（あ……）

迫る炎がやけにゆっくりに見える。カオスクルセイダーに殺されかけた時の様に走馬灯が頭を駆け巡った。

「……嫌だ」

長剣を握って魔力を流し込む。流し込まれた魔力は魔術となって再び刃に炎を宿した。

「私はもう……」

魔術によって生まれた熱が全身を駆け巡る。上昇した体温と熱くなった血潮に任せて身体(からだ)を動かす。

「諦めない!!」

長剣を振るいながら走る。迫る羽炎を斬り払うも消し飛ばせなかったものが手足を刻むが構わず突破する。

「〝約束〟を、守るんだ!!」

長剣に込めた魔術が摑む手を焼く。それでも長剣を握る力をより一層強くして地面を蹴った。

白熱化した刃にルスクディーテが目を見開く。振り下ろされた白刃を赤熱化した両手の爪を交差させて受け止めた。

「はぁぁぁぁぁっ!!」

「む、うぅ!?」

白熱化した長剣はルスクディーテの爪に喰い込み、斬り落とした瞬間に剣と身体に展開した魔術が解除される。

文字通り全身全霊を込めて放った一撃の反動は、容赦なく身体を責め立て意識を飛ばしそうになってしまう。

(ダメ……ま、だ……)

辛うじて痛みで意識を手放さないで済んだが身体は動かない。このまま地面に倒れると思ったが柔らかいものに抱きしめられ心地よい温かさに身を包まれた。

「全く、女子ならば自ら肌を傷つけるものではなかろう」

ルスクディーテの胸の中に抱き抱えられていると気付いて、抜け出そうとするが身体に力が入らない。すると全身を温かい光が覆って少しずつ傷が治っていった。

「よもや我が爪を断つとはのう。そこらの人間が持つ剣よりはるかに強靱かつ鋭利なものだと自負していたが……」

「……でも、届かなかったわ」

抱擁を解かれて下がる。身体の傷は治っても使った体力や魔力が戻った訳ではないので今にも倒れてしまいそうだった。

「うむ、結論から言えば貴様に与する事はできぬ」

「……っ！」

「だが昂ったのも事実じゃ」

その言葉に顔を上げる。ルスクディーテは妖艶な笑みを浮かべながら私を見つめていた。

「貴様の自らを焼き尽くしてでも成し遂げんとするその執念、その眼に宿った意志の輝き、思わず濡れてしまう程に昂ったわ」

「濡れ……」

「故にまだ与するとはいかぬが契約をしようではないか」

「……契約？」

「そうじゃ、貴様が我の望みを叶える代わりに我は貴様の武器となってやろう。上下の関係ではなく互いを利用する対等な関係……悪い話ではなかろう？」

ルスクディーテの持ち掛けた話を慎重に考える。少しして判断材料が足りないと思い至って問いかけた。

「……条件は何？」

「うむ、条件はみっつ……ひとつは貴様自身が強くなる事。今は契約でもいずれ与するに値すると認められるくらい強くなれ」

ルスクディーテが立てた三本の指の一本目を折る。

「ふたつ、貴様の心が折れる……我を昂らせたものが潰えたと判断したら契約は終いとする、故に折れてくれるなよ」

そう言って二本目の指を折る。そして心の底から楽しそうな笑みを浮かべて最後の条件を口にした。

「最後は――――」

「……分かったわ、貴女と契約する」

「良い返事だ、ではそろそろあちらを呼び戻すとするかの」

「……そうだ！　ベルクが⁉」

ルスクディーテの言葉でベルクがバルログと戦ってるのを思い出した瞬間……。

天井の穴から巨大なものが落ちてくる。それは地面に落ちると凄まじい音を立てて空間を震わせた。

落ちてきたもの……バルログの脳天には三メートル近くはあろうかという漆黒の巨大剣(グレートソード)が深々と突き刺さっており、それがこの悪鬼の命を断ち切ったと分かる。

バルログの屍(しかばね)の上に青年が降り立つ。青年が柄(つか)を握ると巨大剣は瞬く間に普通のサイズの剣へと姿を変えて手に収まった。

「すまん、少し手こずった」

崩れていくバルログの屍から降りたベルクに呆気(あっけ)に取られていると、ルスクディーテが突然笑い出した。

「くははははは！　よもやバルログと戦って生き延びるどころか倒すとはな！　これほど心が躍ったのはいつぶりであろうか⁉」

ルスクディーテはひとしきり笑うと再びこちらへ向き直る。そしてこれまでとは違った快活な表情を浮かべる。

「そういえば我が契約者だというのにまだ貴様の名を聞いてなかったな。なんという？」

「……アルセリア、今はただのアリアよ」

「そうか……では改めてアリア、我はこれより契約に従い貴様の刃となろう」

ルスクディーテがそう言うと、その姿が再び炎となって燃え上がる。炎は集束していき一振りの長剣へと姿を変えた。

それは見る者を魅了する美しい剣だった。紅玉（ルビー）から削り出し磨き上げたかの様な剣身を黄金の刃が縁取っており、翼を模した鍔は煌（きら）びやかという言葉でしか表せないだろう。

導かれる様にその長剣の柄へと手を伸ばす。掴んで掲げると刃は紅（あか）く煌めいた。

「我は情欲の焔（ほのお）より生まれしもの、ルスクディーテ。これからも我をとくと昂（たかぶ）らせ、楽しませよ」

「……ええ、これからよろしくね」

ようやく手にした力に自然と涙が零（こぼ）れた……。

「手に入れられた様だな」
長剣を手にしたアリアはハッとした顔をして目元を拭い、こちらへ向き直った。

「うん、後は使いこなせる様にならなきゃ……だね」

「ああ、だがひとまずは戻ろうと言いたいが……」

　天井の火口を見上げる。今の魔力量で昇るのは厳しいかと考えていると……。

『安心するが良い、我が送ってやるわ』

　その言葉と同時に俺達の足下が光り輝く。気付くと景色が変わっており見渡すとダンジョンの入り口付近だった。

「転移……か？」

『うむ、このダンジョンの中ならば我もある程度の融通が利くのでな。そら、土産代わりにこれらも持っていくぞ』

　見れば足下にはあの部屋にあったであろう大量の宝石や鉱石があった。どれも良質なものだというのは一目で分かった。

『その類いのものに人間は価値を見出すのであろう？　送るついでに持ってきてやったわ』

「……今更だけど凄いのと契約交わしたのね私」

「まあ、ひとまずは街に帰るか」

　宝石と鉱石を回収してダンジョンを後にする。とりあえずはアリアの依頼を達成する事ができたと考えて良さそうだった。

一日掛けて街に帰り、宿の部屋でギルドへの報告書を書いているとドアが開けられる。振り返ると湯浴(ゆあ)みを終えたアリアが入ってきた。

「お疲れ様、少し話さない？」

「ああ、構わないが……」

ペンを置いて向き直るとベッドに座ったアリアが横をポンポンと叩(たた)いている。促されるまま横に座ると上気した肌に意識がいきそうになるのを堪(こら)える。

「それで、どうした？」

「……力を貸してくれた貴方(あなた)には話しておこうって思ったの、私がレアドロップを手に入れたかった訳を」

アリアはそう言うとポツポツと語り出した。

「私にはセレナっていう五歳の時からずっと一緒にいた子がいたの。でも十歳の洗礼の日に別れる事になった」

「洗礼の日……ラウナス正教か」

　ラウナス正教はベルガ王国やミルドレア帝国があるヒューム大陸で信仰されている宗教だ。総本山であるラウナス教国は内陸にある小規模な国だが、信者はそれこそ大陸中にいるので大国に匹敵する力があると言える。

「だが洗礼はあくまで祝福された水を被るくらいのものだろう、何があった？」

「洗礼を受けたセレナの前に杖が顕れたの、ラウナス正教で厳重に保管されていた筈の聖杖が」

「……まさか」

「セレナは選ばれたの、途絶えたはずの聖女に……」

　ラウナス正教には聖具と呼ばれるものがある。

　ひとつは正教騎士団の団長に継承される聖剣と盾。もうひとつはかつて大いなる闇を祓い人々を救ったという聖女が手にしていた聖杖だ。

　だが聖杖は数百年前に持ち主が亡くなって以来、誰にも使えないままとなっていた。数百年ぶりに聖女が顕れたと当時はかなり騒がれていた。俺はそこまで興味を抱かなかったがそれがアリアの友達だったとは……。

「それで、どうなった？」

「当然騒ぎになったけど問題はその後、ラウナス教国はミルドレア帝国に対してセレナの身柄を渡す様に言ってきたわ。渡さなければ強硬手段に出るっていうのをほのめかしてきたから帝国と一触即発になりかけたらしいの」

「そんな事が……」

「私はセレナと別れたくなかった。なによりラウナス正教の上層部が一部を除いて腐敗してるのは、当時の私でも知ってたからそんな場所にセレナを行かせたくなかった」

アリアは顔を俯かせる。聖女が今ラウナス正教の象徴となっている現況を鑑みればそれが叶わなかったというのは明らかだ。

「セレナは頭が良かったから行かなければ争いが起こるって分かったんでしょうね。私が行くのを止めようとして喧嘩になっちゃった時に言われたの。『何もできない癖に勝手な事言わないで』って」

アリアの眼から涙が溢れる。ぽたぽたと落ちる雫は彼女の服で染みとなっていった。

「許せなかった、セレナにそんな事を言わせた弱い私が……守れる力がなかった事が悔しかった」

掛ける言葉が見つからない。当時十歳のアリアにそれだけの力を求めるのは酷だろう。

「だから別れ際に約束したの、必ず強くなって迎えに行くって……さらってでも助けに行くから待ってて……」

「……それがレアドロップを求めた理由か」

「うん、だからお礼を言いたかった……本当にありがとう、ベルクがいなかったら私はこうして生きてなかったし、ルスクディーテの力も借りられないままだっただろうから」

「……これからどうするんだ？」

「まずはミルドレアに帰って、その後はラウナス教国に向かうつもり。どうするかは向かいながら考えるわ」

そう言うとアリアは俺に寄り掛かる。そして手を掴んで自身の胸元へと押し当てた。

「でもここから先は貴方を巻き込めないから」

どこか寂しさを感じさせる眼で見つめながらアリアはすがりつく様に抱きついてきた。

「だから……これはお礼、今の私には身体しかないから……」

俺はアリアの唇を塞いで、その先を言わせなかった……。

◆◆◆

翌朝、目が覚めるとベルクの姿はなかった。

行動を共にして数日程度なのに寂しさを感じる。だが仕方ないと受け入れた。

当然だろう。私がやろうとしているのは一国に一人で喧嘩を売りに行く様なものだ、まともな神経の持ち主なら関わらないだろう。

身支度を整えてルスクディーテと長剣を腰に差して宿を出る。街の通りを歩いているとルスクディーテが声を掛けてきた。

『なんじゃ、あの番に一緒に来てくれとは頼まんのか』

「番って訳じゃないわ。私が力を得る手助けをしてって依頼をしただけだもの」

『ならばまた依頼すれば良かろう。それに我が出した条件を忘れたのか？』

「死ぬと分かっていて依頼する訳ないじゃない。それに条件だってベルクでないといけないとは言われてないわ」

『まあ、そうではあるがな……あれほどの雄は中々おらんだろうなぁ……』

話している内に街の門へと着く。朝早いからか人気のない門の前で少しだけベルクを追ってこの街に来てからの事を思い出す。つい立ち止まってしまっていた足を動かし、門を越えようとして……。

「ここにいたか」

さっきまで思い出していた声が後ろから掛けられた。

「な……んで」

「長旅になりそうだから買い出しとかギルドへの報告とか色々済ませてきた」

背負っているアイテムバッグを示しながらアリアの前に立つ。彼女は信じられないという眼でこちらを見ていた。

「……一緒に来る気なの？」

「そうだが」

「分かってるの？　私はこれから国を相手に戦おうとしてるんだよ？　いくら強くったって捕まって処刑されるかもしれないし、聖具も私達のレアドロップに匹敵するかもしれないんだよ？」

「そうだな」

「ならなんで!?　こんな勝ち目のない戦いにベルクが来る必要なんてない！」

アリアの言葉が響く。巻き込みたくないという思いが伝わってきて自分が出した答えは間違ってないと確信した。

「ああ、アリアの言う事は正しい」

「なら……」

「でも仕方ないだろ。情が湧いたんだから」

アリアが呆けた顔をしてこちらを見る。それに構わず出した答えをアリアに告げた。

「戦う事を後悔するかもしれない。だけど今アリアを一人で行かせれば俺は必ず後悔する。ならその先の後悔しないかもしれない可能性に賭けても良いだろ」

「……なにそれ、情が湧いただけでこんな厄介事に付き合うの？　おかしいよ」

「知っての通り俺は兄貴より頭が悪かったんでな。賢く動くより心に任せて動いてしまうんだ」

「なにそれ、本当に馬鹿……」

「友達助ける為に一人で国と戦おうとする馬鹿とは釣り合いが取れてるんじゃないか？」

アリアは顔を俯かせる。その眼からは熱い雫が頬を伝っていた。

「そんなの言われたら、頼っちゃうじゃん……」

『ははは、良かったではないか』

ウォークリアを後にして二人で歩いていると、ルスクディーテが話し掛けてきた。

『やはりアリアの番は貴様しかおらんな。つまらん雄共の精を得ずに済んで良かったわ』

「なんの事だ？」

『アリアに力を貸す代わりに幾つか条件を出したのだ。そのひとつが雄と交わって精を得るというやつでな』

「……なぜそんな条件を？」

『我は情欲の焔ぞ。強き雄の精も雌雄が交わるのも好きなのだ。それに貴様がアリアの番と思っておったから問題はないと思ったのだ』

アリアを見ると顔を逸らしているが耳まで赤くなっていた。

『何、元より我は貴様の精が欲しかったのだ。貴様は随分と特殊な身体をしているからな』

「……特殊？　俺がか？」

「どういう事？」

『貴様の身体は魔力量に反して放出量が少ない。そして放出されなかった魔力が貴様の身体を自然と強化している。それが貴様の類稀なる身体能力や精力の源となっているのだよ』

「……そういう事だったのか」

子供の時から他人より力が強かったり先輩冒険者から絶倫だとか言われたりしたが、ここでその理由を知る事になるとは……。

『まあ安心するが良い。これからは我とアリアで貴様の精を絞り取ってやるから楽しみにしておれ』

「ちょっ……ルスクディーテ」

『別に良いだろう？　貴様らは番なのだから交わるくらい良かろう。雄を悦(よろこ)ばせる手管……我が手ずから教えてやるわ』

艶のある声が俺達の間に響き渡る。これからラウナス教国を敵に回すかもしれないというのに、俺達の間には妙な空気が流れていた……。

一方、ベルガ王国では……。

バドルはいまや王城にて宰相や各大臣達、更には王の相談役という役職を得ていた。

「バドル様、お手紙が届きました」

執務室で書類の確認とサインをしていると執事がノックをして入ってくる。

ありがとうと言って手紙を受け取ると、クラングルズ連合国の冒険者ギルドからのものので急いで封を開けた。

手紙の内容はセルク……今はベルクと名乗っている弟の冒険者としての報告書だった。

セルクが国を出た後に冒険者として登録した見た目の特徴が一致する者を調べ上げ、そこから冒険者ギルドに報告してもらう様にしていた。

冒険者は国や貴族などから指名されたり専属として召し抱えられる事もある。そして貴族達もそういった有能な冒険者を見つける為にある程度の情報を冒険者ギルドに申請して得る事ができる。

政治的干渉を拒むクラングルズでも正規の手順を踏んで申請すればこの程度はやってくれる。なにせその冒険者がどんな依頼をどれだけ達成してきたかは依頼をする上で重要な判断要素なのだから、そこを適当にしてしまえば信用を損なうのはギルドも理解している。だからこそ冒険者の情報……名前や等級、受けた依頼と達成率等の情報は開示されている。情報を得たとしてもそこからコンタクトを取り依頼を受けるかどうかといった交渉は当人同士で決められるのだから。

「白銀等級に昇格か……普通であれば早くても五年は掛かると聞いていたんだけど……流石はセルクだね」

手紙にはセルクが突然変異したボスを倒して先に依頼を受けていたパーティを助けた事。その功績を評価されて白銀等級に昇格された事が記されていた。

弟がグルシオ大陸の過酷な環境に負けず、より強くなって評価されている事に思わず口角が上がってしまう。未(いま)だ心配なのは変わらないが、自分の道を見つけて進んでいるのは兄として誇らしいものだった。

(父上達にも知らせてあげないと……そろそろこちらも一段落着きそうだから領地に戻るのも良いかもしれないね)

侯爵位はバドルに継がれてこそいるが領地の運営は父のダランが代行をしてくれている。あの日から父上は落ち込んでいたが「せめてできる事を、分かる事はやらせてくれ」と代行を買って出てくれた。

家出されてから、セルクの安否を聞くと少しだけ安堵(あんど)した雰囲気が見られる様になったのは気のせいではないだろう。

「……家出といえばアルセリア第三皇女も失踪してから一年か」

隣国のミルドレア帝国の三姉妹、末妹のアルセリア皇女が置き手紙を残して国を出た事件はかなりの騒ぎになった。

手紙には〝獅子(しし)を探してきます。皇族としての特権や籍等は破棄してください〟とだけ書かれていたらしい。

獅子とはミルドレアにおいては特別な動物な事もあっておそらく何らかの比喩表現なのだと思うが、それがなんなのか確証は得られてはいない。

「最後の目撃情報からしてグルシオ大陸に向かった可能性があるらしいけど……もしかしたら冒険者になってセルクとすれ違ってたりしてるのかな」

突飛な想像に思わず笑ってしまう。いくらなんでも広大なグルシオ大陸で出逢うなどそれこそ天文学的確率だろう。

手紙を仕舞って再び報告書に目を通す。その中のひとつに眉をひそめた。

「魔物被害の増加に関連して貴族を中心に怪しい者が接触している……か」

魔物の被害は微々たるものだがそれでも増えてきている。民の不安も少しずつ増している様で冒険者への依頼が増えているらしい。

貴族に接触してきているのは商人らしい。報告を上げた者曰く、魔物被害を減らす為にも兵力を強化しないかと話を持ち掛けてくるそうだ。

既に多くの貴族に接触しているらしく、大半は断っているがもしかすると秘密裏に話に乗っている者もいるかもしれない。

「問題は接触しているのはこの国だけ、なのか」

確証もなく、関連性も摑めてない……だが不穏な気配が背筋を走った気がした。

そして一ヶ月後、ミルドレアからもたらされた報告に思わず書類を取り落とすくらい呆然とする事になった。

「グキャッ!?」

手にした槍で前から飛び掛かってきたゴブリンを貫く。すると左から別のゴブリンがナイフを振るってきた。

左腕を前に出して念じると闇が溢れて左腕を覆う。闇は一瞬で籠手になってナイフを弾いた。

「ギギッ!?」

弾かれて無防備になったゴブリンの顔に右ストレートを叩き込む。槍から変化させた籠手が着けられた右腕はゴブリンの顔面を陥没させた。

(大分慣れてきたが……)

ゴブリン達の魔石を回収すると籠手に変化させたカオスクルセイダーを見る。重さも具合も誂えたかの様に馴染むが……。

(まだ全部を引き出せてないな)

慣れてきたからこそ分かる。まだこの武器を使いこなせていないという感覚があるのだ。

あれから声も聞こえなくなっているのも影響しているかもしれない。

「お疲れ様、こっちも終わったわ」

思案に耽(ふけ)っているとアリアが声を掛けてきたので中断させて向き直る。紅剣を持ちながら見てくるアリアに思わず首を傾(かし)げた。

「ベルクって色んな戦い方できるわよね……前は弓矢や斧槍(ハルバード)も使ってたわよね？」

「何が自分に合うか色々と試したからな。まあ結局は剣と拳(こっち)が性に合ってるみたいだ」

「いつもは斧も使ってるわよね？」

「硬い相手にはあっちのが楽だし雑に使えるからな」

剣はどうしても硬い相手や血脂で切れ味が落ちる。斧は刃の鋭さが落ちても槌矛(メイス)代わりになるからよく使うのだ。

「ねえ、良ければベルクの戦い方教えてくれない？」

「俺の？」

「ええ、ルスクディーテを使ってみて思ったのだけど、なんとなくベルクの魔術で強化する戦い方が合いそうな気がしたの」

「……参考になるかは分からないぞ」

二人でそんな事を話しながら港町へと向かう。俺達はウォークリアを出てから二十日(はつか)掛けてグルシオ大陸の港町のひとつであるワーカルトに到着した。入町税を払って入ると活気に溢れた気配が伝わってきた。

「ひとまずは宿と……後は船だがミルドレア行きで良いのか？」

「ええ、そっちの方が土地勘があるしね……あ、宿はあそこが良いんじゃない？」

そう言ってアリアが示したのは〝イルカの寝床亭〟という看板が吊られた宿だった。町の大通りにあるだけあって大きい宿の様だ。

宿に入ると食堂横にある受付で恰幅の良い女性が帳簿らしきものを見ていた。

「すまない、二人なんだが部屋は空いてるか？」

「二人？　今部屋はひとつしか空いてないけど大丈夫かい？」

「それで良い、いくらだ？」

「二人なら一泊で銀貨十枚だよ。部屋にシャワーもあるけど泊まれば奥にある大浴場が使えるよ」

それを聞いて頷き合うと料金を払って鍵を受け取る。そのまま宿を出て港に行ってミルドレア行きの船の乗船券を買いに行った。

「出港が明日なのは運が良かったな」

「うん、今日のうちに買い物とか準備を済ませて早く宿に戻ろっか」

出港は明日の昼だからそれまでに消耗品の買い物や食事をして宿に戻る事にした。

出港まで時間があるとしても余裕を持って早めに休んだ方が良いだろう……。

「あぅ……」

広めのベッドにアリアが蕩けた表情で横たわる。上気した肌には玉の様な汗が浮かんでいた。

「なんじゃ、もう果ててしもうたのか」

アリアの傍にルスクディーテが宙に浮かんだ状態で顕れる。アリアの頭を撫でながらも目線は水を飲んでいた俺に向いていた。

「日に日に貴様が勝ち越していくのう……これはアリアが、というより貴様の雄としての強さが桁外れ故か」

「人を人外みたいに言うな」

「あながち間違いではなかろう……さてアリア、次は我がしても良いな？」

ルスクディーテの問いにアリアはこくりと頷く。するとルスクディーテは俺をベッドの上に倒して跨がった。

「まだまだ元気な様じゃからな？　今度は我が鎮めてやろう」

「拒否権なんかないだろ」

「当然であろう。アリアと我という美しい雌に求められているのだから雄ならば応えてみせよ」

ルスクディーテはウォークリアを出てからこうして交ざってくる様になった。なんでも一人では差があり過ぎるからとアリアと話し合って決めたらしく、今では二人を相手にする様になっている。

こうして夜はふけていき、受付の女性にニヤつかれながら宿を後にした……。

グルシオ大陸からヒューム大陸へは船で二日ほど掛かる。その間、船室で缶詰めになっているのも気が滅入るので甲板で海を眺めながら互いの事を話していた。

「じゃあベルクにはお兄さん以外に頼れる人はいなかったの？」

「そうだな、あの時は兄貴以外に俺を見てくれる奴はいないって思ってた」

「……あの時って事は今は違うの？」

「……二年間冒険者として生きてる間に気付かなかった事に気付いた。全員がそうじゃなかったって事に」

　ベルガ王国にいた時の事を空を見上げながら思い出す。大半は今思い出しても不愉快な気分になるが、決してそれだけじゃなかった。

「テレジアは兄貴と比べてこそきたが俺の努力を認めていたし、それに今思えば最初から比較してなかった奴がもう一人いた」

「もう一人って誰？」

　少しだけ物思いに耽る。あと一歩で届かなかった、寡黙で俺を誰かと比べたり下に見る様な事はしなかった奴の事を。

「ラクル＝ヴァリアント。騎士団長の息子で同年代の剣術で俺が唯一勝てなかった奴だ」

「ベルクが勝てなかった、ね……でも今はベルクの方が強いんじゃないの？」

「どうだろうな……どちらにせよ国に帰るつもりはないし、どうでもいい」

「そうなの？」

「意地張って癇癪（かんしゃく）起こして、周りは敵だらけだと勝手に思い込んで逃げ出して迷惑掛けたんだ……今更合わせる顔がない」

　船室に戻ると言い残して甲板を後にする。少し喋（しゃべ）り過ぎた気がするがアリアになら別に良いかと思い直しながら船室に向かった。

「そっか、戻るつもりはないんだ……」

甲板で一人、アリアはそんな事を呟(つぶや)いていた……。

ミルドレアの港町に着いて目についたのは町を警備している兵士だった。鎖帷子(チェインメイル)の上にミルドレアの紋章が刻まれた赤い貫頭衣を纏(まと)った兵士は立ち姿からよく鍛えられているのが分かる。

「流石(さすが)は獅子(しし)の国か」

「国の成り立ちが成り立ちだからね。やっぱり武術が盛んだよ」

アリアと共に船着き場から町へ入るとワーカルトに劣らない盛況ぶりだった。

「ひとまずは馬車の手配か？」

「うーん……二人だけだし馬二頭買って向かう方が良いんじゃないか、な……」

アリアが話している途中で固まる。視線の先を見ると人混みが奥からふたつに分かれていっているようだ。

やがて俺達の前まで分かれて開けた視界の先から揃(そろ)いの鎧(よろい)を纏った一団がガシャガシャと音を響かせながら真(ま)っ直(す)ぐこちらに向かっていた。

兵士の物とは比べ物にならない全身鎧を纏った一団。ミルドレアの帝国騎士達はアリアの前で止まると一人だけ炎の装飾が施された緋色の鎧を纏った騎士が進み出てきた。

「お久しぶりです。アルセリア様」

「……ボルガ、どうしてここに？」

「それを含めた問いにはこちらの方がお答えいたします」

緋色の騎士が手で合図をすると、後ろに控えていた騎士が精密な刻印がされた水晶を緋色の騎士へと渡した。

水晶がこちらへ差し出されると淡く輝き出して光が輪郭を形作っていく。

『お？　おー繋がった繋がった、やほーアリアちゃん久しぶりー、一年も連絡なかったから心配したんだよー』

形作られたのはアリアに似た女性の顔だった。聞こえてきた声はアリアに似てはいるが、どこか間延びした雰囲気を醸し出していた。

「フィリア姉さん、どうして私の居場所が……」

『なはははは、お姉ちゃんは可愛い妹が帰ってきたらすぐに分かるものなのさ。迎えに行くのは私じゃないけどねー』

「も、もしかしてなにかの魔術を……」

アリアが自分の身体を見回す。俺はふとアリアが出会った時から持っていた長剣の柄に目がいった。

「アリア、その長剣の柄に嵌まってる魔石だ」

「え？」

「魔石に術式が刻まれてる。おそらく探知魔術のマーカーだ」

『おや－？　よもや見抜かれるとは……結構手間掛けた物なんだけどねー、君もしかして魔道具職人かな？』

「いや、ただの冒険者だ」

『ふーん……』

女性はどこか観察する様な眼でこちらを見てくるが、少しして「まあ良いか」と言ってアリアに向き直った。

『まあとにかくボルガ君達に馬車を手配させてるから一度城に帰ってきなー？　姉さ……皇帝陛下も首を長ーくして待ってるよー』

「……うん」

『まあいくら魔大陸でも〝獅子〟に匹敵するのなんかそうそう見つからないでしょー。今回は勝手に出てったのも含めて大人しく怒られ……』

「ううん、〝獅子〟は見つかったよ」

アリアがそう言った途端ピタリと言葉が止まる。水晶を持った緋色の騎士も反応していた。

『……マジ？』

「うん、そのひとつは彼も持ってる」

女性と緋色の騎士がこちらを見る。さっきまでとは違い、信じられないという驚愕した気配が伝わってきた。

『……マジ？』

女性の声がポツリと零れる。どうやらラウナス教国に行くにはこの厄介事をなんとかしないとならない様だ……。

◆◆◆

用意された馬車に乗り込んで座席に座る。隣にアリアが座り緋色の騎士が向かいに座ると馬車のドアが閉まって出発した。

速度を上げているのに揺れをほとんど感じないのは、馬車自体に高度な魔術が付与されてるのだと分かった。

「アリア、〝獅子〟というのはやはりレアドロップの隠語なのか？」

「うん、一応国家機密に類する事だから外では〝獅子〟って呼んでるの」

「〝獅子〟の隠語を知っているのは皇族と重鎮、そして我らぐらいです」

緋色の騎士はアリアの説明を補足する様に言葉を発する。緋色の騎士の方へ向き直ると彼は兜を外してこちらを見た。

「ひとまずは自己紹介をさせて頂く。私はボルガ＝フレメイル、先代皇帝陛下より〝灼刃騎士〟の称号を賜っております」

皺と傷が刻まれた壮年だが威厳ある顔をしたボルガが頭を下げる。応える為に向き直って胸に手を当てながら頭を下げる。

「名乗りもせず失礼しました、冒険者のベルクと申します。かの高名な灼刃騎士ボルガ卿にお会いできて光栄です」

ミルドレア帝国において称号を与えられた騎士とは、帝国に多大な貢献や功績を認められた者を示し、今称号を有しているのは五人のみだと聞く。なかでもボルガと言えば長年にわたって帝国内の魔物や盗賊の討伐をし続けた武勇で知られた騎士だ。

帝国騎士団の最古参にして第一騎士団団長。老いれどその技倆は曇りなしと謳われている。

「ベルク殿……ですな、この度は城への同行、感謝する。そしてアルセリア様が話している以上、必要はないと思いますが今の話は内密にして頂きたい」

「分かりました、決して他言しないと約束します」

俺の答えにボルガは顎鬚を撫でながら思案するがすぐに顔を上げて頷いた。

「その言葉を信じよう……尤もアルセリア様はベルク殿を信頼されているご様子、要らぬ心配だったかもしれませぬな」

「ちょっ、ボルガ!?」

「お許しを、あのアルセリア様がここまで信を置いているところを見れば軽口のひとつも言いたくなるものです」

ボルガが破顔しながら言えばアリアが顔を赤くして猫の様に唸る。そのやりとりはまるで祖父と孫の様だった。

「……なんだか家族の様ですね」

「おや、そう見えますかな？　アルセリア様を始め姫様方は赤ん坊の頃から知っておりますからな、剣の手解き等も少々……」

「稽古凄い厳しかったけどね」

どこか拗ねた様子でアリアが付け足す。あまり掘り下げると更に拗ねてしまいそうなので気になっていた事を聞く事にした。

「姫様方……とは先ほどの魔術で話した人が？」

「ええ、フィルネリア第二皇女……我が国の宮廷魔術師にして一流の魔道具職人であられる、そして……」

ボルガはアリアをちらりと見ながら告げた。

「ヴィクトリア皇帝陛下……これからベルク殿が謁見するお方こそお二人の姉君なのです」

馬車が止まって降りると巨大かつ堅固な城壁に囲まれたミルドレア城が眼に映る。ボルガと別れるとまずは互いに服を着替えさせられた。

俺は一般的な礼服だったがアリアは赤を基調としたドレスだった。黒い手袋も相まって彼女の金髪がよく映えている。

「似合ってるな」

「あはは、これでも皇女だからね」

騎士に案内されながら城の中を進むと先ほど魔道具越しに会話した女性が手を振っていた。

「アリアちゃーん、さっきぶりだねー」

顔立ちはアリアに似ているがアリアよりも線が細く髪は肩口で切り揃えられており、アリアが快活な雰囲気なのに対してこちらは柔和な雰囲気を漂わせていた。

「いやー大きくなったねー色々と」

「えっと……ただいまフィリア姉さん」

「うんうん、お帰りなさい……それと君が〝獅子〟を持ってる子かー」

フィルネリアがひとしきりアリアを撫でるとこちらに目を向ける。観察する様な視線をしていたがすぐに途切れさせて柔和な笑みを浮かべた。

「まあ積もる話は後にねー、姉さ……皇帝陛下も準備終えてる頃だと思うよー」

間延びした声で告げられた内容に多少の緊張が生まれる。先導されて着いたのは一際大きく豪華な装飾が施された扉の前だった。

「アルセリア第三皇女、並びに白銀級冒険者ベルクをお連れしました」

「入れ」

扉が開き中に入る様に促される。部屋の中は赤を基調として豪奢(ごうしゃ)に整えられており、奥から五色の異なる鎧を纏(まと)った騎士達を先頭にして配下であろう騎士と文官が並んでいた。

一番奥で深紅の皇衣を纏い、玉座に頬杖(ほおづえ)をつきながら座る女性の傍(かたわ)らには武骨な大剣が立て掛けられていた。

　アリアと共に中に入る……途中強い視線を感じたが十歩ほど離れた位置で片膝をついて頭を下げると声が掛けられた。

「二人共、面を上げよ」

　確かな意志を伴った声に応じて顔を上げると、目の前の玉座に座るヴィクトリア皇帝陛下と眼が合った。

　アリアと同じ金髪で似た顔立ちだが、鋭い眼差しに鉄仮面の様な表情が一際冷たい印象を与える。引き締まった身体は武人としても一流だと物語っていた。

（それとあれが……）

　ヴィクトリアの傍に立て掛けられた大剣に目をやる。鍔に獅子の意匠が施されたその剣身は血の様な紅で刃だけが白く輝いていた。

（間違いない……俺のカオスクルセイダーに匹敵するものだ）

　唾を飲みそうになるのを堪える。もし戦えば勝てるか分からない……そう思えるほどに目の前の皇帝は強者の圧を放っていた。

「無事に帰ってきたか、アルセリア」

「はい、ご心配をお掛けして申し訳ありませんでした」

「ふむ……まずはレアドロップを手に入れた経緯を聞かせてもらおう。話はそれからだ」

アリアは目配せすると経緯を話し出した。事前にアリアとは話し合ってどこまで明かすかを決めていた。

「これが私が手に入れたレアドロップ、ルスクディーテです」

話し終えたアリアがルスクディーテを皇帝の前で掲げるとその美しさと煌めく魔力にその場にいた者の多くが息を呑んだ。

「なるほど、その剣を手に入れるにあたってはお前の力だけではなくそやつの助力もあったが故という訳か」

「はい、彼に命を救われ助力してもらいました」

「ふむ……」

皇帝の眼がこちらに向く。全てを見通すかの様な輝きを宿した眼で見られて少しだけ居心地が悪くなった。

「ベルク……であったな、まずはアルセリアを助けてくれた事に感謝しよう。礼に関しては後に我の権限で用意できるものをひとつ与える事を約束する」

「光栄にございます」

「次に……お前もまたレアドロップを有しているそうだな？　許す、この場で見せてみよ」

突然の話にいぶかしむが無表情な皇帝からは何も察せない。少しの逡巡の末に腰のベルトから長剣の形態に変化させていたカオスクルセイダーを抜いて掲げた。

漆黒の長剣を目にして玉座の間にいる者達がそれぞれの反応を示す。称号を持つ騎士達は身動ぎしなかったが、後ろに控える騎士や文官達は疑う様な目線もあれば関心を持った様な視線もあった。

「――陛下！　これ以上こんな者に時間を割く必要はございません！」

蒼い鎧を纏った騎士の背後から突然声が上がる。見ると上等な服を着ているが腰に剣を差している金髪の男が明確な怒りを発しながら俺を指差した。

「このような者が陛下が有する皇器に匹敵するものを手に入れるなどあり得る訳がありません！　大方偽りの功績を以て我が国に取り入ろうとしているに決まっています！」

皇帝は一瞬だけ気怠そうな顔をしたが、すぐに無表情に戻ると金髪の男に目を向けた。

「……フルド第二騎士団副将か、そう断ずる理由はなんだ」

フルドと呼ばれた男は我が意を得たりとばかりに俺を睨みつけながら言い放った。

「それはこの男がセルク＝グラントスだからです！　己の無能さを棚に上げて逃げ出し、自国にいらぬ騒動を引き起こすような者など信用できる訳がないでしょう！」

それは捨てた筈の過去に無遠慮に踏み入る言葉だった。

フルドの言葉に皇帝と称号を持つ騎士を除いてどよめきが起きる。どよめきが収まるのも待たずにフルドは言葉を続けた。

「貴様の悪評はこの国にまで届いているぞ！　兄のバドル＝グラントスに全てを押しつけて逃げ出した無責任な男だとな！　そんな者がアルセリア様を助けただけでなく皇器に匹敵するものを手にしているだと⁉　その様なみすぼらしい剣でよくそんな嘘をつけたものだな‼」

「……私のくだらない噂はこの際置いておきますが」

心が急速に冷えていく。自分でも分かるくらい無機質な声で目の前の不快な存在に問いかけた。

「貴方はアルセリアの話を真っ向から否定するという事ですか？」

俺の問いにフルドが眉間の皺をより深めて睨んでくる。

「アルセリア様は優しいお方だ、大方その魔物と戦って追い詰めていたのを貴様が横取りしたのだろう！　それをアルセリア様は加勢してくれたと思われたに違いない！」

フルドの言葉にアリアが思わず立ち上がろうとしたのを手で制した。

「……言いたい事はそれだけですか？」

「何？」

「どちらにせよアルセリアの話を否定し、一方的に私を罵倒するのは終わりかと聞いています」

フルドが行った言動を簡潔にまとめると言葉に詰まった気配が伝わる。

「ミルドレア帝国の騎士が皇帝陛下の話に割って入り、招待した者への罵倒……騎士どころか人としてどうなのですか？」

「だ、黙れ！　自国から逃げ出した恥知らずの貴様にそのような事を言われる筋合いはない！」

「ならば手本を見せて頂きたい。少なくとも自らの考えを押しつけて皇帝陛下の信を揺るがせている今の貴方の姿は見るに堪えない」

「き、貴様……！」

フルドが声を上げようとした瞬間、フルドの足下が空を斬る音と共に裂けた。

「黙るのは貴様だフルド」

皇帝の声が響く。先ほどとは比較にならない凄まじい圧を放ちながらフルドを見下ろしていた。

「この者を客人として迎えたのは余だ。その客人に対する貴様の態度はミルドレアの品位を貶めている……すなわち余の顔に泥を塗るというのを理解した上での行いか？」

「し、しかし……」

「返答を間違えるなよ？　それ次第では貴様の首と胴が別れる事になるぞ」

「で、出過ぎた言動をしてしまい申し訳ありません！」

フルドはその場でひれ伏して謝罪する。先ほどまで意気揚々としていたとは思えない姿だった。

「……貴様の処罰は追って下す、捕らえろ」

他の騎士によってその場で拘束されたフルドは嫌悪の篭った眼で睨みつけてくる。どうやら考えを改める気はないらしい。

（そっちがその気なら……）

「皇帝陛下、発言をしてもよろしいでしょうか」

「許す、なんだ？」

「先ほどお話ししました礼を今すぐに用意して頂いてもよろしいでしょうか」

俺の言葉に皇帝がぴくりと眉を動かす。アリアが困惑した顔でこちらを見ているが構わず皇帝に目を向けた。

「……用意できるかは内容次第だ、申してみよ」

「はい、私とこの武器の力を証明する舞台を整えて頂きたく存じます」

「……舞台だと？」

俺の申し出が予想外だったのか一瞬だけ沈黙した皇帝はすぐに無言で続きを促す。

「どれだけ言葉を重ねようと私の力と功績が偽りでないという証明にはなりません。ならば力を示す場を頂き真実だと証明した方が良いと具申いたします」

「なるほどな、ならば内容を決めねばならんが」

「先ほどの……あの騎士と私による一騎討ちはどうでしょうか？　この大勢の前であれだけの啖呵(たんか)を切れるのだからその腕前も相当なものでは？」

「ふむ……ではフルド、この一騎討ちを受けよ、受けぬのならば余自ら貴様の首を落とすぞ」

「か、かしこまりました！　一騎討ちを受けます！」

「では今より半刻(六十分)の時間を与える。双方はその間に一騎討ちの準備をせよ。他の者は場所の準備に取り掛かれ」

皇帝の発言に「はっ！」と応えて周囲にいた者達が部屋から出ていく。俺は騎士の一人に準備の為(ため)の部屋へと案内された。

案内された部屋で準備しているとアリアが訪ねてきた。

「どうした？」

「ごめんなさい、まさかこんな事になるなんて……」

「ああ……気にするな、それにこの状況は俺のせいだからな」

「……やっぱりあれに怒ってる？」

アリアが言っているのはフルドの事だろう。あの状況を見ていれば当然と言えるが。

「まあな」

「はぁ……一年前から本当に変わってない」

アリアが頭を押さえながら項垂（うなだ）れる。その様子からしてアリアが家出する前からあの性格だったようだ。

「あれはどういう奴（やつ）なんだ？」

「フルドは帝国に長く仕えてる騎士の家系よ。何代か前が称号を与えられたらしくてそれなりに影響力がある家なの」

「強いのか？」

「騎士の中ではそれなりに……って感じかしら。弱くはないけど副将になれたのも半分くらいは家の力だと思うわ」

アリアの言う事に頷（うなず）く。確かに立ち姿からそれなりに強くはありそうだったがボルガや他の称号を持つ騎士には届いてないと感じた。

「それに何度も婚約を申し込んできたのよね。全部断ったけど」

「あれがか？」

「私、こんなでも皇族だからね。地固めの為にってのが丸分かりだったわ」

「……そうか」

あの男が向けてきた眼には俺への嫌悪だけでなく別のものもある様に見えたが……まぁ、やる事は変わらない。

「もう行っても大丈夫なのか？」

「ええ、案内するわ……あ、ちょっと待って」

立ち上がって部屋を出ようとしたところで振り返ると唇に柔らかい感触が重なる。少しして顔を赤くしたアリアが一歩離れてこちらを見上げた。

「心配はしてないけど、おまじない……」

アリアはそう言って部屋を出ていき一瞬だけ遅れて後をついていく。唇に残った感触に我ながら単純だなと思うと自然と口角が上がった。

◆◆◆

案内された場所は普段は騎士達の鍛練場として使われているという場所だった。御前試合等にも使われるからか闘技場の様な造りで、四方を囲む壁の上には観客席があり、席は既に玉座の間にいた者達を含めて多くの騎士達で埋まっていた。

闘技場の中央には斧槍(ハルバード)を手に全身鎧を纏(まと)ったフルドが立っており、鋭い眼でこちらを睨んでいた。

「今回は逃げずに来たか、恥知らずめ」

敵意と悪意が篭った罵倒が投げ掛けられる。もはや隠す気はない様だった。

「貴様の思惑通りに行くとは思わん事だ。この場には陛下を始め称号騎士達がいるのだ。貴様がどんな卑怯(ひきょう)な手段を持っていようと通用すると思うな」

「……」

「アルセリア様は貴様の様な者が傍(そば)にいて良いお方ではない。この場で貴様を叩(たた)き潰(つぶ)してアルセリア様の目を覚まさしてくれる」

あぁ、やはりそういう事か。

こいつはアリアに惚(ほ)れているのだろう。何度も求婚するほど欲していた女の横に別の男がいるのが気に食わなかった。

玉座の間で向けてきたのは嫌悪だけでなく、アリアと共にいた俺への嫉妬もあった訳だ。

「双方、準備は良いか」

皇帝の声が響き渡る。ざわめいていた観客席もピタリと静かになった。

「今回の戦いにおいては各々が持つ武具を使え。勝敗に関しては片方が降参、又は戦う事が不可能な状態になったら負けだ……異論はあるか？」

「「ありません」」

「良し、では……始めよ」

皇帝が合図を出す。互いに武器を相手に向けて構えた瞬間にフルドは駆け出して斧槍を振りかぶる。そして上段から振り下ろしてきた。

「おおおおおおっ！」

曲がりなりにも騎士だけあって鍛えているのが分かる動きだ、が……。

黒剣で振り下ろしてきた斧槍の穂先を横から叩いて弾く。そのまま勢いを殺さずに身体を回転させて体勢を崩したフルドの兜に回し蹴りを叩き込んだ。

「ごがぁっっ⁉」

留め金が壊れ、外れた兜が転がる音を響かせながらフルドが倒れる。地面に手をついて立ち上がろうとするのを見下ろしながらフルドにだけ聞こえる様に呟く。

「悪いが俺は思った以上に狭量だったみたいでな……お前が俺に言った事を水に流す事は

できそうにない」

何が起きたのか上手く理解できないままこちらを見上げるフルドに冷たい声で告げた。

「立てよ、完膚なきまで叩き潰してやる」

歯を食い縛ったフルドはすぐさま立ち上がって斧槍を振るってきた。

「おおおおおおおおおっ!!」

振り回される斧槍を避け、時に剣で弾く、振り下ろされた斧槍を横に避けると同時に剣を鎌に変化させて上から斧槍を押さえつけた。

「〝風鳴衝破〟」

懐に飛び込んで空いた手に手甲と風を纏って脇腹を殴りつける。殴った瞬間に風が拳を小刻みに震わせて振動が鎧へと伝わった。

「がはっ!?」

脇腹の衝撃に身体を硬直させたフルドの斧槍を持つ腕を摑んで肘関節に膝を叩き込む。

その衝撃で緩んだ手から斧槍を奪い取って腹を石突で打ち抜く。

たたらを踏んで下がったフルドは膝をつく。奪い取った斧槍をフルドの前に投げ捨てた。

「返してやる、拾え」

フルドは視線だけで射殺さんとばかりにこちらを睨む。歯軋りの音を響かせながら手元に落とされた斧槍を掴んで薙ぎ払ってきた。

勢いが乗る前に手元に黒い斧槍を出して穂先をぶつけて弾く。そのまま距離を詰めて柄を交錯させると鍔迫り合いの如く押し合った。

「くっ……なんなんだその武器は⁉」

「お前がみすぼらしいと言ったもの」

身体強化を強めて押し込む。そのまま斧槍同士で戦い続けながら確信した。

（強くはないな……）

確かにフルドは弱くはない。斧槍という扱いが難しい武器を使いこなせているし、ここまで動きのキレを失わないくらいの体力もある。冒険者なら青銅級くらいの実力はあるだろう。

だけどそれだけだ。ミノタウロスの様な怪力と破壊力がある訳でも、キメラの様な俊敏さと鋭さがある訳でもなく……ましてやカオスクルセイダーの様に相対するだけで背筋が震える様な感覚は欠片も感じられない。

穂先を絡める様にぶつけて下げる。フルドの斧槍もつられて下がった瞬間に斧槍を槌矛へと変化させて柄の上を滑る様になぞって腹を殴りつけた。凹んだ鎧の上から腹を押さえながらフルドが膝をつく。もはや勝敗は決していた。

「認めない……」

「……？」

「認めてたまるか！　貴様が私より強いなど！　逃げ出した恥知らずに劣るなど認めてたまるかぁ!!」

フルドが叫びながら魔力を放出する。魔力は手にする斧槍へと集まると斧刃を岩が覆っていき巨大化していく。

「……降参する気はないのか？」

「黙れ黙れ黙れ！　アルセリア様に相応(ふさわ)しくない貴様の様な者がふざけた事を抜かすなぁ!!　〝巨岩斧斬(ランドアックス)〟!!」

二メートル近くはある巨大な岩の刃(やいば)を横薙ぎに払ってくる。これほどの質量を誇るものとなると防御は確かにできないが……。

「遅い」

〝風跳(ウインドステップ)〟で跳躍して避けるとそのまま宙を蹴って高速で距離を詰める。振り切った体勢のフルドの前に立つと手甲を纏いながら魔術を発動して脇腹を拳で打ち抜く。

「〝風鳴衝破・砕(ウインドウエイブ・クラッシュ)〟」

打ち抜くと同時にさっきとは比べ物にならない振動が一瞬で拳を通して伝わる。振動と

衝撃は同時にフルドの体内に伝わって内部から破壊した。

「ご……ぽ……っ」

「お前に騎士の資格はない」

手から斧槍が零れる様に落ちるとフルドは泡を吹きながら倒れる。静まり返った闘技場で皇帝が立ち上がり声を上げた。

「勝敗は決した。この戦いの勝者はベルクである」

皇帝はフルドには一瞥もくれず俺を見つめてきた。

「ひとまずは配下の不始末を押しつける形になったのを詫びよう。だからという訳ではないが、礼は今回とは別の形で用意しよう。部屋を用意するゆえ今日は身体を休めるが良い」

そう告げると皇帝は称号騎士を引き連れて闘技場を後にした……。

「いやー凄いねー、形態が意思に応じて変容？　でも君が手放してから別の武器を手元に出したら消えたよね？　手放しても手元に戻ってくる能力もあるのかな？　興味深いなー」

　戦い終えて鍛錬場を出た直後にフィルネリアに呼び止められて質問責めにされながら武器を観察されている。振り払おうにも相手は一国の皇女で手荒な真似はできず、周りの騎士達も止めようにも止められないといった様子だった。

「フィリア姉さん、その辺にして」

　アリアがフィルネリアの首根っこを掴んで引き剝がす。「あー」と間の抜けた声を上げながら掴まれる姿は歳上とは思えなかった。

「アリアちゃん放してー、私には目の前のレアドロップを解析するという崇高な使命がー」

「ベルクは戦い終わったばかりなんだよ？　今日のところは疲れてるし調べるにしたって無理やりじゃなくてちゃんとお願いするべきでしょ」

「むー、アリアちゃんのだって調べたいのにー」

「分かった、今からヴィクトリア姉さんに言って……」

「突然質問したりしてすみませんでした」

　アリアが言い終わる前に姿勢を正してこちらに謝ってくる。さっきまでの様子からは予想もできない俊敏さだった。

「いえ、お気になさらず」

「本当？　あー良かったー、遅くなったけど自己紹介するねー。アリアちゃんのお姉ちゃんのフィルネリアですー。フィリアって呼んでくださいねー」

「改めてありがとうございます、私はベルクと呼んでください」

「ベルク君だねー、微塵も気にしないので話す時は敬語じゃなくても良いですよー。そしてできればその武器の事を詳しく……」

「フィリア姉さん！」

「わわわ、怒んないでー？　妹の愛しい人にひどい事しないってー」

「なっ⁉」

フィリアの何気ない一言にアリアは動きを止める。その反応にフィリアは一瞬きょとんとすると「ははぁーん？」と口角を吊り上げた。

「なるほどなるほど……うんうんそういう事かぁ……」

「ちょっとフィリア姉さん⁉」

「いやーごめんごめん。アリアちゃんが見つけたのは獅子だけじゃなかったんだねー、これは今日のところは大人しく工房に戻らないとー」

ひらひらと手を振りながら城へと戻るフィリアを見送る。アリアを見ると羞恥と疲労が入り混じった表情で赤くなっていた。

「……なんというか、自由な人だったな」

「うぅ……」

アリアが立ち直るにはもう少し時間が掛かりそうだ……。

「大丈夫か？」

用意された部屋でひとまず気を取り直したアリアに声を掛ける。アリアは頷きはするもののため息をついていた。

「まあ、仲が良いのは良い事なんじゃないか？」

「うん、まあ……それは私も否定しないけど」

「他に何かあるのか？」

「その……」

アリアは指を合わせて眼を泳がせながらおそるおそるといった様子で話し始めた。

「私……除籍されてないみたい」

「何？」

「えっと、ヴィクトリア姉さんが私の皇族としての地位とか特権とかそのまま残してたみたいでして……」

「……つまり俺は皇女を穢(けが)した不届き者になるな」

首筋が冷たくなる。帝国の宝とも言えるアリアを俺は一夜の過(あやま)ちどころか何度も情を交わしている。ましてや今の俺は貴族ではなくただの冒険者だ。バレたら俺の似顔絵が捜索届ではなく手配書となって出回るだろう……。

「だ、大丈夫！　精とかはルスクディーテが摂取してるから孕(はら)んだりはしないし黙ってれば……」

「隠し通せるとは思えないな、少なくとも俺はアリアを一人の女として好いてるし取り繕える自信はない」

「そ、それは……私もそうだけど……」

互いに顔が赤くなってるのが分かる。こんな形で好意を伝えるのは複雑な気持ちになるが今は置いておこう。

「問われる前に抜け出してラウナス教国に向かうのもひとつの手だが……やましい事をしましたと公言する様なものだな」

「うん、というかフィリア姉さんが嬉々(きき)として『駆け落ち⁉　皇女と冒険者の身分違いの恋⁉』とか伝えそうだし」

「こう言うのもなんだが俺にも想像できたな……」

あの皇女とは思えぬ言動は知り合って少しでしかなくともどんな人なのかは察せられる。

少なくとも今動くのは得策ではないだろう。

「……最悪開き直るのもありかもな、もしもの時は俺とアリアなら逃げる事もできるだろう」

「そうね、動くにしても姉さん達の出方によるし……それにしても」

「？」

「どうしてヴィクトリア姉さんはあの場でフルドを罰さなかったのかしら？」

「……それなりの出自と地位にいるからじゃないのか？」

「だとしてもあれだけの事をしでかしたのに後回しにするのは変よ。少なくともヴィクトリア姉さんならあの場で首を落としてたっておかしくないもの」

言われてみれば確かにそうだ。あの馬鹿がしでかした事は王国でやれば間違いなく厳罰に処されるだろう。

「……あれに対して俺がどう動くのか見ていた、は自惚(うぬぼ)れ過ぎか」

「……あり得るかも。ベルクは帝国が長年研究していたレアドロップの仮説を証明した訳だし、どこかで試そうとしたところで騒ぎ出したフルドを利用したんじゃないかな？」

だとすれば俺はあの場で品定めされていたという事だろうか？　考えようとするが今日一日であまりに多くの事が起きた事もあり、まとまらないでいた。

「やれやれ、やはり人間社会というのはしがらみが多いのう」

二人で考えていると剣の姿から魔物の姿に戻りながらルスクディーテが呆れた様に呟いた。

「雄と雌など互いを求め合うのがちょうど良い。通すべき筋を通していれば他人の声など聞くに値すまい」

「その通すべき筋が多いのが人間なんだ」

ルスクディーテはそれを聞くと幼子を諭す様な顔をしてこちらを見た。

「違うぞベルク。己の行いが恥ずべき事ではないと証明するのが筋、正しいかどうか関係なく他人だのなんだのが押しつけてくるものがしがらみなのだ。我からすれば貴様らはしがらみに囚われておる気がするのう」

「……否定はしないがな、それでも」

「通せるなら通しておきたいわよね……」

口ではそう言うがルスクディーテの言葉に響くものがあったのも事実だ。ルスクディーテは「ふうん……」と呟くとどうでも良くなったらしく目線を逸らした。

「まあ良いわ。それよりベッドがあるのだからまぐわおうではないか」

「「できる訳ないだろ（でしょ）!?」」

とりあえず飯にしようみたいな軽さで言ってくるルスクディーテに同時に突っ込む。頼むからもう少し状況とか考えて欲しかった。

ベルクとフルドの一騎討ちが終わった後……。

玉座の間に皇帝ヴィクトリアと五人の騎士のみが集まっていた。

「さて、お前達はあの男……ベルクをどう思う？」

「率直に言えば私の団に引き入れたいですな」

余の発言にボルガが間髪容れずに答える。それに蒼い鎧〝雷穿騎士〟ランディルが反応する。

「待て待てじいさん、抜け駆けするなよ。あいつはうちの団に入れさせろや」

「貴方も急ぎ過ぎですランディル」

深緑の鎧〝緑壁騎士〟アルクトスがランディルを窘めるとそれに続いて白銀の鎧〝清廉騎士〟ルミナスが発言した。

「彼の実力は認めます。あの変幻自在な武器もさる事ながらそれらを使いこなす技倆は我々に勝るとも劣らないでしょう」

「だろ？　なら……」

「それでもデメリットの方が大きいと思います」

ルミナスがランディルの言葉を遮る。すると黄土の鎧〝砂陣騎士〟ロスフォールが「ふむ」と顎をさすりながら口を開いた。

「バドル＝グラントス……ですな」

ロスフォールの言葉にルミナスが頷く。ロスフォールは思案するようなため息をつきながら訥々と語り始めた。

「今のベルガ王国は彼の手腕によって王族による一枚岩と言える状況になりつつある。弟である彼を帝国に引き込もうとすればバドル＝グラントス……ひいてはベルガ王国との関係を左右するでしょうな」

「その通りです。彼は謂わばバドル＝グラントスに対する切り札であり爆弾です。彼を引き込んでベルガ王国との関係を下手に動かすよりは、二人の仲介役なりになって確実に恩を売る方が良いかと」

「おいおい……お前も同じかアルクトス？」

ランディルに話を振られたアルクトスは少しだけ沈黙していたがやがて口を開いた。

「私としては未だ決めるには判断材料が足りないと思っています」

「足りない？」

「お二人の言う通り、ベルク殿は本人の自覚あるなしにかかわらずベルガ王国との関係を左右する存在です。しかし彼が陛下の皇器に匹敵するレアドロップとそれを手に入れる実力を有しているのも事実です」

アルクトスの言葉にはルミナスとロスフォールも頷く。ベルクが仮にも副将を任されたフルドを圧倒しながらも全力でなかったのは彼らも理解していた。

「更にアルセリア皇女がレアドロップを手に入れられたのも彼の助力あっての事、今我が国にはたった一人で戦場の旗色を塗り替える力を持った者が三人もいるのです。その一人を手放すのは惜しいとは思いませんか？」

「……確かに」

「ぬぅ……」

「それに気付いておられるかは分かりませんが、アルセリア様はベルク殿に対して執心しておられるご様子。彼が国を出るとなればそれについていこうとする可能性は否定できません」

「む……」

思わず呟きが口から漏れる。現にアルセリアは皇族の身分の放棄も厭わず力を求めて旅に出た。

承認していなかったからアルセリアの皇族としての身分は健在だがベルクについていく。更に言えばアルセリアは目的の為にまた城を出ようとするのは容易に想像できた。

「ひとまずはベルク殿を知る事から始めるべきでは？　今の我々は彼が強いという事とバドル＝グラントスの弟であるという事、そして敵には容赦しないという事しか分かっていないのが現状です。どの様にするかはその後でも良いかと」

「……確かに判断するには材料が足りぬな」

こちらに引き込むにしろベルガ王国に引き渡すにしろ情報が少な過ぎる。ひとまずは最優先で冒険者ギルドから情報を得るところからか。

「ではベルクの件はひとまず保留とする。次にあの愚か者と奴らに関してだが……ランディル、奴はどうしている」

「今は医療班が治療中、医療班によると骨と内臓がギリギリまで壊されてるから少なくとも一週間は絶対安静との事なんで、部屋の前に見張りを置いて誰も出入りできない様にしてます」

「とすると奴らと接触するならばその後か」

帝国内だけでなく各国で隠れ動いている者共、それがフルドに接触している事が判明したのはつい最近だ。

確実に奴らの尻尾を掴む為に泳がせていたが今回の一件であの愚か者が奴らと動こうとする可能性は高い。あれだけの暴挙をして処刑せずに生かしているのもそれ故だ。

「ひとまずはここまでだ。これ以降は確定するに足るものを得るまで各々動け。以上だ」

「「承知しました」」

騎士達に命じて玉座の間を後にする。だが予想に反して事態は急速に動き始めた……。

ミルドレア城内の医療室、その一室ではベッドの上で苦痛に苛まれながら怨嗟の声を上げる男がいた。
「ぐううう……おのれぇ……」
身動ぎする度に全身を走る痛みで寝つけない。自分を治療した医者はできるだけの事はしたと言っていたがこの有り様だ。
……一部分だけならともかく全身を治すとなると一気に回復させるのは危険が伴うので

す。身体全体に少しずつ術を施していかねばどんな反動が起きるか分かりませんぞ。
……このような言い方は良くありませんがこれは相当な手練れによるものですな。これだけのダメージを治せる範囲までに留めているのですから。

医者が呟いた言葉が頭を過ってその度に黒い感情が駆け回る。胸を掻きむしりたくなるがそれすらできずに更に感情が募っていく。

「手加減、されたというのかぁ……この私が、第二騎士団副将の私があの恥知らずにぃ……」

これは何かの間違いだ。悪い夢だとしか考えられないが全身を苛む痛みがそれを否定する。そうして身悶えているといつの間にか傍に誰かが立っていた。

「手酷くやられましたねぇ」

「き、さまぁ……」

目深にフードを被った男を睨みつける。それが一年前から接触を図ってきた商人を名乗る男だと気付いたからだ。

「どうやって、入ったぁ……」

「ふふ、商人たるもの商機には敏感なのですよ」

口元しか見えない男は口角を上げる。嘲りを多分に含んだとしか思えない口調に、より苛立(いらだ)ちが増していく。

「出て、いけぇ……」

「お望みとあらば。しかしよろしいのですかな？」

男はもったいつけた言い方をすると顔を寄せて耳元で囁(ささや)いてきた。

「どうやらあの男を騎士団に入れようという声が上がっているみたいですよ？」

「な……に？」

「更に言えばアルセリア様はあの男に淡い想(おも)いを抱いてるご様子。もしも仕えるであろう皇女に気に入られてるとしたら瞬く間に頭角を現してくるでしょうねぇ」

男が囁く話の内容に歯を割らんばかりに噛(か)み締(し)める。騎士団に入るだけでなくアルセリア様に気に入られている？　よりによってあの恥知らずを想っているだと？

「そんな……事がぁ」

「ない、と言えますかな？　少なくとも副将である貴方を負かし皇器に匹敵する武具を有しているのです。功績を挙げて称号を与えられれば……あの男がアルセリア様の伴侶となる未来もあるでしょうなぁ……」

伴侶？　ふざけるな認めない認めない認めない。アルセリア様の伴侶となるのは私だ。いずれ称号を与えられるであろう私を差し置いて、あんな男がアルセリア様を抱くなどあってはならない。

「止めるべきではありませんか？　仕える主(あるじ)が間違った道を行こうとするならばそれを諫(いさ)めるのも騎士の務めと言えましょう」

「その、通りだ……だが……どうやって」

「何、貴方が負けた理由は武具の差です。あの男が手にしたレアドロップと呼ばれる武具は持ち手を一騎当千の強者へと変える代物……なれば貴方もそれに匹敵する武具を使えばあの男を倒せるでしょう」

そう言って男は懐の袋から小さな瓶と袋の大きさと合わない兜(かぶと)を取り出す。マジックバッグであろう袋から取り出された兜は、禍々(まがまが)しい鬼を模した様な造形をしていた。

「こちらは私特製の回復薬(ポーション)とレアドロップのひとつでございます。これは私自身誰かに渡す気はなかったのですが……真の騎士たる貴方にならばお譲り致しましょう」

言うや否や男は小瓶を開けて中身を私の口の中に流し込んだ。途端に傷が塞がっていくだけでなく全身がカッと熱くなり血が沸き立つ様な感覚が襲う。

「お、お……おおおおお!?」

「さあこちらを、これを着ければ貴方は……無敵の戦士へとなれるでしょう」

言われるがままに手渡された兜を被る。その瞬間……待ちかねたとでも言う様に胸中にあった感情が燃え上がって頭を焼いていく。

「アルセリアァ……セルクゥ……ッ!!」

湧き上がる衝動のままに立ち上がり扉を開ける。すると外にいた見張りの騎士二人が気付いて槍を向けてくる。

「貴様、なんだそれは……がっ!?」

一人を殴り倒して頭を踏み潰す。そして槍を奪うともう一人も構える間もなく貫いて絶命させた。

「アルセリアは……私のモノだぁ……」

湧き上がる衝動に呼応するかの如く、その身体も変容していった……。

「やはり自分を特別と思い込んでる愚者は扱いやすいですねぇ。さてさて……後は称号騎士が来ない様にしましたら皇帝陛下と謁見といきますか」

「っ!?」
痛烈な悪寒がして飛び起きる。素早く装備を着けて部屋を出ると遠くから争う音が聞こえてきた。

音がする方へ向かおうとした瞬間、後ろからの殺気を感じ取る。手に小剣を出して振り向き様に斬りつけると肘から先が杭の様に尖った影法師の様なものが霧散して魔石が転がった。

「シャドウストーカー？　なぜこの城にいる？」

シャドウストーカーはグルシオ大陸のダンジョンでも出現数が少ない魔物だ。あらゆる影へと潜り込み鉄すら貫く腕で奇襲してくる厄介な魔物だが、グルシオ大陸でも一部のダンジョンにしか出現しない筈なのだ。

頭上から気配を感じ取って小剣から槍に変化させて突き上げる。上から落ちてきたシャドウストーカーが串刺しになるとその場で槍を振って壁へ叩きつける。

そこかしこで戦う音が聞こえる。理由は分からないが大量のシャドウストーカーが城内へと入り込んでいる様だった。

音がする方に向かうと騎士が複数の影法師に囲まれている。一体を槍で貫いた瞬間に背後から襲おうとしたものを手斧を投げて散らすと、半月斧を出して騎士の背後にいた影法師をまとめて薙ぎ払った。

「あ、貴方は！」

「すまないが先導してくれ。他の者と合流しながらこいつらを倒す」

「っ！　分かった！　ついてきてくれ！」

　騎士に先導され群がる影法師を蹴散らしながら騎士達と合流していく。騎士の中には重傷を負った者もいたが五人ほど助けたところで騎士を引き連れたアリアと合流した。

「アリア！　無事だったか」

「うん、でもフィリア姉さんを助けに行かないと！　フィリア姉さんの工房は城の離れにあるから！」

「分かった、行こう」

「貴方達は他の騎士達と合流して！　手分けする場合は必ず三人以上で死角を庇いながら戦いなさい！」

「「「承知しました！」」」

　元々が集団戦を得意とする騎士達だ。冷静さを取り戻して戦えばシャドウストーカーに後れを取る様な存在じゃない。

　アリアの先導で道行く騎士達に合流を指示しながら工房がある場所へ向かう。一旦城を出てアリアが案内する方へ走る。

　その直後に目の前の城の壁を壊して何かが横切る。それは鎧ごと巨大な刃で裂かれて絶命した騎士だった。

「これは……」

騎士が飛ばされてきた穴を覗(のぞ)くと数人の騎士と二m以上はある巨体の怪物がいた。

(あれは、グレンデル……か?)

緑色の鎧のような肌に鬼の顔をした兜、更には身の丈と同じ大きさの斧槍(ハルバード)を持って騎士達を蹴散らす魔物は明らかにシャドウストーカーとは格が違った。

手にした斧槍を倒れた騎士に振り下ろそうとするところを〝風跳(ウインドステップ)〟で一気に距離を詰めて顔を剣で斬りつけた。

「硬いな…… 〝風の加護(フォローウインド)〟」

風を纏(まと)って倒された騎士を抱えて少し離れた場所にいた騎士のもとに届ける。そしてこちらに来ようとするアリアに叫ぶ。

「アリア! お前は姉を助けに行け!」

「っ!」

「こいつも一体とは限らない! こっちは俺一人で充分だから行け!」

「……お願い!」

アリアがそのまま走っていくのを見送ると、剣を斧に変えてグレンデルらしき魔物の前に立つ。

巨大な斧槍が振り下ろされる。避けながら斧を膝関節に叩き込むが擦った痕がつくだけで斬れた様子はなかった。

（関節もか⁉）

あまりの頑強さに思わず舌打ちしそうになった瞬間、丸太の様な脚が真横から迫ってくる。

即座に自身を風でふき飛ばして自ら跳ぶも先ほどの穴から外へと蹴り出されて転がった。

「くははははははは」

魔物が笑いながら壁を壊して外に出てくる。月明かりに照らされて浮かび上がるその姿は更に禍々しい様相へと変わっていっていた。

「手も足も出ない様だなぁ？　セルクゥ……」

魔物が俺の名前を口にすると兜の面頬が動いて素顔が顕になる。そこには狂気を宿した眼でこちらを見据えるフルドの顔があった。

「くははは……自分の技や武器が通用しないのはどんな気分だあ？　さっきは私がそんな気分だったがなあ……」

「……鏡を見たらどうだ？　お前の性根にお似合いの見るに堪えない姿になってるぞ」

立ち上がってフルドの質問には答えず武器を構える。フルドは面頬を着け直すと斧槍を力任せに振るってきた。触れるだけで身体(からだ)を断たれそうな一撃を避けて跳び上がると肩口に半月斧を全力で振り下ろした。

　だが重量を伴った筈の一撃は鎧のような肌に食い込むだけで下の肉には届かない。すぐさま手を放してこちらを摑(つか)もうとした腕から逃れて再び対峙(たいじ)する。

「……その兜か」

「あ？」

「お前の肉体は変容し続けているのに兜だけ変わる様子がない。おそらくはその兜がお前の肉体を作り変えてるんだろ？」

　大刃槍(パルチザン)を出しながら観察して導き出した推察を口にする。後は相手がどう反応するかだが。

「それがなんだぁ？　貴様が私に勝てないのは変わらない」

「……それ、どうやって手に入れた？」

「それもぉ、どうせ死ぬお前に言っても意味がないぃ————っ‼」

　フルドは叫びながら片腕で肉体と同じく変容していく斧槍を振り回す。その度に地面がめくれ、壁を砕き、大気が悲鳴を上げる。

（まともには受けられないな。それに生半可な攻撃は意味がない……なら！）

風と瓦礫を駆使して距離を取ると大刃槍に火と風を付与する。穂先が炎に包まれた大刃槍を全身を使ってフルドに投擲する。

「ぬうう……ぬああっ!!」

風によって加速する大刃槍をフルドは斧槍で受け止める。そして僅かな拮抗の後に大刃槍を弾き飛ばした。

大刃槍を弾いた体勢のフルドに肉薄すると左手に手甲と風を纏って下からフルドの顎を兜ごと殴りつける。

「風鳴衝破・砕！」

手加減なしの全力で放った一撃が振動と衝撃を伴ってフルドの頭を揺らす。だが手甲越しに伝わる感触に違和感を覚えた直後にフルドの拳が迫る。

「くっ……がっ!?」

しゃがんで避けると前蹴りによってふき飛ばされる。地面をバウンドするも受け身を取って止まるとフルドは首をゴキゴキと鳴らしながらこちらを見た。

「残念だったなあ、その技は対策済みだあ」

面頬が開くと血と共に何かが溢れ落ちる。その正体に気付いてどう対策されたかに感づいた。

「砂で振動と衝撃を軽減させたか」

「そうだあ……そして今の私はあ、この程度の傷や痛みはすぐに治るんだよぉ！」

フルドの肩口の食い込んだ痕や大刃槍を弾いた時の火傷(やけど)が瞬く間に元通りになっていく。

口の中の血を吐き捨てたフルドは悪意の篭(こも)った眼でこちらを睨(にら)む。

「対して貴様はどうだあ⁉　さっきの攻撃は威力と引き換えに相当な反動があるのだろう⁉　果たしてその腕はまだ使えるのかあ⁉」

……確かに〝風鳴衝破(ウインドウエイブ)〟は腕を軸に風の振動を起こして攻撃するものだ。その振動と衝撃を一瞬で注ぎ込む〝砕(クラッシュ)〟は威力と引き換えに相当な負荷が掛かる。

現に左手は反動で痛みと痙攣(けいれん)が起きている。指を動かしてみるが長物は持てそうになかった。

「くはははは！　そうだ！　私が負ける筈がない！　恥知らずが私より優秀など！　あり得る筈がナイィィィッ‼」

フルドが狂笑を放ちながら迫る。その身体は更に硬質化していき、より大きな異形へと変わっていった。

（さて、どうするか……）

肉体に比例して増大した膂力に鎧の様な皮膚、極めつきはあの再生能力をどうするか。避けながら考えているとフルドは更に理性を失ったかの様に叫んだ。

「お前を殺してえ！　アルセリアを！　今度こそ私のモノにい――――っ!!」

それは文字通りの人外へと堕ちた者の姿だった……。

「これはどういう事だ」

城の廊下を歩きながらジャスティレオンを振るって迫る魔物達を蹴散らす。紅い光……皇気が刃となって魔物達を斬り裂き、廊下の壁に叩きつけられると霧散して魔石となっていった。

……帝国どころかヒューム大陸では見た事もない魔物がどこから来たかを考えながら歩く。警備用の魔道具や騎士の警戒に不備があったか？

廊下のあらゆる影から這い出る様に新たな魔物が現れる。再び鋭く尖った腕を向けて群がってきた。

「どけ、痴れ者共」

ジャスティレオンの力である皇気を放出して蹴散らす。湧き出る度に蹴散らしながら進んでいるとこれまで出現した魔物達とは違う様相の者が立ちはだかった。

「いやいや、流石(さすが)はヴィクトリア皇帝陛下というべきですな。この火急の事態においても動揺ひとつ浮かべないとは……」

黒いフードを深々と被(かぶ)った男に向けて斬撃を放つ。男が寸前で避けたところにジャスティレオンを振り下ろした。

男はどこからか取り出した黒い杖(つえ)でジャスティレオンを受け止める。男を中心に床が割れるが、男は平然と笑みを浮かべた。

「誰何(すいか)もなしに殺しに掛かるとは。せめて自己紹介ぐらいはさせて欲しいのですが……」

「貴様があの愚か者に接触していた者なのだろう？　余の帝国でコソコソと動き回っていた……な」

「おやおや勘づかれてましたか。私はただの商人なんですがねぇ!?」

男が押し込まれる寸前に周囲の影から魔物達が襲い掛かる。皇気を全身に纏って放出する事で男ごと群がる魔物達をふき飛ばした。

姿を消した男は少し離れた位置の影から浮上する様に現れた。フィリアの魔道具と騎士団の警備体制を抜けたのはあの杖……おそらくレアドロップによる特殊能力なのだろう。

「……成程、如何(いか)にして情報を得たり連絡を取り合っていたか分からずにいたが、それか」

「ええ、私のシャドウレギオンは影へと潜み影より現れる……それに私は魔術師の端くれでもありますので、秘密のお話や情報の仕入れに必要な魔術は心得ているのですよ」

「貴様自身が伝達者（メッセンジャー）と密偵を兼ねていたという訳か」

これは流石にフィリアや騎士団を咎（とが）められん。これだけの手練（てだ）れがレアドロップによる特殊な力を駆使して潜入してくるなど分かる訳がない……フィリアに関しては警備魔道具の改良、騎士団には警備体制の変更と注意喚起をしなければなるまいが。

「しかし些（いささ）か暴れ過ぎではないですかねぇ？　ジャスティレオンの力を全力で振るえば城が保ちませぬよ？」

「ならばとっとと縛につけ。貴様にできるのは余に斬られて瓦礫の下に埋まるか城が崩れる前に縛について生き永らえるかだ」

「恐ろしいですねぇ、何よりも陛下がジャスティレオンをここまで使いこなしているのが予想外でしたが……私としましてもあれこれと走り回ってようやく手に入りそうだというのに引くのは些か惜しい……ですので」

男が杖で床を突く。すると男の影が廊下へ広がっていき四方八方から魔物の気配がした。

「些か力ずくでも回収させて頂きますよ……あれに与えた紛（まが）い物ではなくこの城にある本

物のレアドロップ全てをね……」

　広がった影から魔物達が今までとは比べ物にならない密度で迫る。迫り来る魔物を薙ぎ払うがその度に魔物は数を増して迫ってきた。

「無駄ですよ、私のシャドウレギオンが生み出す影達が尽きる事などないのですから」

　影の群れの向こうから男の声が聞こえる。確かにこれだけ圧倒的な数の力を有しているのならば余の命を奪えると思っても仕方ないのだろう。

「仕方あるまい……」

「おや？　譲って頂けるのですかな？」

「貴様を生け捕りにして貴様と繋がっている者、貴様の仲間の事を洗いざらい吐かせてやろうと思っていたが……ここまで好き放題されてはそうも言っておれん」

　皇気を全身に纏いながら魔物達を薙ぎ払う。ふき飛ばされた魔物達が壁となって勢いが止まった隙にジャスティレオンを構えた。

「なにより貴様のせいで帝国の膿が増えた。膿を出す為にくだらぬ手間を掛けなければならなかった。その愚行は命で償え」

　ジャスティレオンの鍔にある獅子の眼が輝く。輝きに伴って皇気が広がった影を消し飛ばすほどに膨れ上がった。

「覇装展開〝覇を叫ぶ獅子（ジャスティレオン）〟」

周囲を染めていた影を真紅の光が塗り潰した……。

「んー、これはまずいかなー？」

魔道具によるバリアを破ろうと殺到している影の様な魔物を見ながら呟（つぶや）く。数十体ほど魔術や魔道具で倒したが、際限なく湧いてくる魔物には手持ちの魔道具と魔術では足りなかったらしく、今はこのバリアの魔道具が最後の手だった。

それも度重なる攻撃によって亀裂が入り、今にも破られそうになっていた。そして魔物の爪がバリアを突き破ろうと……。

「フィリア姉さん！」

赤い斬閃が魔物達を斬り払う。霧散した魔物の向こうからは愛（いと）しの妹が紅の剣を手にして立っていた。

◆◆◆

「怪我（けが）はない？」

「大丈夫だよー、アリアちゃんのお陰でギリギリ助かったよー」

フィリア姉さんは明滅する魔道具をぷらぷらと振りながら答える。ひとまずは間に合った様で安堵する。フィリア姉さんは魔術や魔道具の知識と技術は凄いが身体はあまり強くない。魔力量も一般の魔術師と同じくらいなのをその知識と技術で補って宮廷魔術師という役職をこなしている。

「ひとまず安全な場所に行かなきゃ、歩ける？」

「んー、ちょっと待ってねー」

フィリア姉さんはそう言って机の上にあった薬品を一息に呷る。するとフィリア姉さんの身体が付与魔術の光で包まれた。

「お待たせー、今なら全力疾走でも大丈夫だよー」

「それじゃ走るよ」

机や周囲にあった魔道具を回収したフィリア姉さんを連れて工房を出る。現れるシャドウストーカーを斬り伏せ、離れた場所に出現したのは姉さんが魔道具で牽制する。

そのまま騎士達と合流しようとしたところでシャドウストーカー達が突然距離を取る。数十のシャドウストーカー達は離れた場所で集まると一体の影に重なる様に消えていき、重なった影はどんどん大きくなっていった。

「一体何を？」

胸騒ぎがしてルスクディーテに炎を纏わせて斬撃を放つ。炎の斬撃は影へと到達する前に地面から飛び出した黒い触手の様なものに貫かれた。

繭の様な形になっていた影から虫の脚らしき部位が飛び出す。次々と飛び出した八本の脚が地面を捉えると、身体と思しき部位には八つの赤い眼らしき光が浮かび上がった。

「アリアちゃん、あれって……」

「ブラックウィドウ……」

思わず魔物の名前を口にする。グルシオ大陸では犠牲になった冒険者の多さと厄介さからバルログに匹敵する危険な魔物として認知されている魔物だった。

ブラックウィドウは八脚を駆使して巨体に見合わぬ速さで走る。身体から幾つもの黒い触手を出しながらこちらに迫る姿は生理的嫌悪を感じずにはいられなかった。

「ルスクディーテ！」

ルスクディーテに魔力を流し込んで剣身に炎熱を宿す。こちらに向けて放たれた触手を斬り裂いてブラックウィドウへと斬り掛かった。

ブラックウィドウは一番前の脚を交差させて防ごうとする。脚を斬って勢いのまま頭を斬りつけようした瞬間、ブラックウィドウの身体が地面に沈む様に潜った。

巨大な影が地面から城壁を凄まじい速さで動き回る。一瞬で姉さんの背後に回ると地面から飛び出て脚を振るった。

「フィリア姉さん！」

すんでのところで割り込んで脚を受け止める。ブラックウィドウは口と思しき場所が開いて黒い牙が槍の様に伸びて迫る。

「くっ⁉」

首を捻って避けるも頬に赤い線が走る。ブラックウィドウは再び地面へと潜って離れた。

「アリアちゃん！」

「姉さん、離れないで」

姉さんを背後に庇いながらルスクディーテを構える。八つの赤い眼が獲物をいたぶる輝きを宿して揺らめいている様に見えた。

「くぅ！」

「きゃっ⁉」

フィリア姉さんを狙って迫る触手を斬り払う。その隙をつくかの様に背後から迫る触手を魔術の炎で遮る。

姉さんも魔道具を使って援護しようとしてくれるが、実戦経験や戦場に立った事がない姉さんを狙い打ちにされて私も守るので精一杯になっていた。こちらから攻撃すべきか考えたが俊敏さはブラックウィドウの方が優れている。倒そうと姉さんから離れた瞬間に姉さんが殺されるだろう。

今の自分が持てる手段ではブラックウィドウを捉えられない。かといって姉さんを守りながらではジリ貧だった。

「アリアちゃん、私は良いから……」

「絶対に嫌！」

姉さんの言葉を遮りながらブラックウィドウの攻撃を弾く。警戒しながらもどうやって切り抜けるか必死で考えを巡らせた。

（ブラックウィドウの動きより早く攻撃できれば……）

……ひとつだけ手段が思い浮かぶ。だけどそれはまだ試した事のないもので、まだ私一人ではできないものだった。

（でも……）

ブラックウィドウの脚を受け止めながら頭の中に浮かぶのはベルクの後ろ姿だった。圧倒的な強さを持っていたカオスクルセイダーにたった一人で……真正面から打ち破ったベルクの姿……。

それは自分の中で僅かに生まれていた諦観をふき飛ばすものだった。約束を果たせず、姉さん達の様に優れたものがあるとは言えなかった私にとって、ベルクは衝撃的な存在だった。

私には努力を認めて教えてくれる人達がいた。会えなくても助けたいと思える大切な親友がいた。それでも剣も魔術も中途半端で誇れるものがない私は力を求めて外へ出た。

ベルクは独りだった。家出する前も家出した後もずっと独りで戦い続け……歩み続けた。どれだけ辛い道だったかなんて想像できない。そんな過酷な環境で心の支えすらなく戦い続ける事の険しさなど言葉にするまでもない。それでもベルクは戦い続けて揺るぎない強さと自分を手にしていた。

「私も……私だって……」

一度は折れかけたとしても諦めたくない。ベルクの様な才能や強さがないのだとしても……諦めて膝をつくような事はしたくない！

「姉さん！　私が合図したら……」

「……!?　そんな事したらアリアちゃんが」

「お願い、私を信じて」

私の眼を見た姉さんは逡巡するも頷いて備える。私は再び襲い掛かってきたブラックウィドウを炎魔術と身体強化でふき飛ばした。

「姉さん！」

「分かった！　〝炎嵐〟！」

姉さんの魔術が私の背中に向けて放たれる。同時に私はルスクディーテに意識を向ける。

……魔術とはイメージ、それはレアドロップも例外ではない。

どれだけ強力なレアドロップもその能力とかけ離れた事や拙いイメージでは真価を発揮できない。今までの私はそれができていなかった。

だからイメージする。ルスクディーテを手にしてから形になっていなかったものを今ここで形にする。

思い浮かべるのはベルクの戦う姿、風を纏い吹き荒ぶ嵐の様に戦う憧れすら抱かせる強さ。

たとえまだ届かないのだとしても私だってあんな風に……！

「ルスクディーテ！」

私の声に反応してルスクディーテが輝く。同時に私に迫った炎は私を覆い尽くす様に渦巻いた。

渦巻く炎を身に纏う。燃え盛る炎を背中と脚に翼の様に展開すると地面を踏みしめた。

地面を蹴ると炎の翼が燃え上がる。脚から噴き出した炎は地面を焦がし、背中の翼は周囲の空気を焼いて私を一条の流星に変えた。

地面に潜ろうとしていたブラックウィドウの八つ眼の顔に炎を纏った刃が入り込む。勢いのままに刃はブラックウィドウの身体を斬り裂き、燃やし尽くした。

ブラックウィドウが魔石となった事で緊張の糸が切れた瞬間に身体から力が抜ける。すると魔物の姿になったルスクディーテが私を支えてくれた。

「ふふ、己の力のみでここまで我を使いこなせる様になったか」

「ルスクディーテ……」

「その褒美という訳ではないが後は我に任せるが良い。貴様の姉と目についた人間くらいは助けてやる」

「……お願い」

そう言い残して私は意識を失った……。

「ええーと……貴女はー？」

「アリアと契約した者だ。貴様らがレアドロップと呼ぶ存在よ」

「レアドロップが自らの意思と身体をー？」

「我はベルクやあの皇帝とやらの様に倒された訳ではないからな……む？」

突然放たれた力の気配にそちらの方を向く。ひとつはあの皇帝とやらの獅子の気配、そしてもうひとつは……。

「……もはや埒外の域よな、ベルク」

そう言いながらもその口元には笑みが浮かんでいた……。

時はアリアがブラックウィドウを倒す前に遡り……。

城内を壊しながら迫るフルドをベルクはいなしていた。

「あひゃひゃヒャひゃヒャ！　死ね死ねシネぇ!!」

三メートル近い体躯にまで巨大化したフルドが狂気を撒き散らしながら斧槍を振り回す。

飛び散る瓦礫を弾きながら弩を構えて撃った。矢はフルドの腕に突き立つも鎧の様な皮膚に阻まれて内部には達さなかった。

「無駄ァっ!!」

薙ぎ払われる斧槍を避けながらフルドの顔に向けてナイフを投擲する。フルドは顔を逸らして兜でナイフを弾いた。

「っ！」

「うぅエあァ――――っ!!」

フルドは斧槍をこちらへと投擲する。横向きに回転しながら脚に迫る斧槍を跳んで避けると腕を振り絞った体勢のフルドが視界に映った。

(まずい!)

大型の円盾(ラウンドシールド)を両手で持って構えた直後にフルドの右腕が打ち込まれる。膨張した筋肉でできた腕は破城槌(つい)と遜色ない威力で円盾に衝突した。

「ぐっ⁉」

円盾を通して伝わる衝撃にふき飛ばされて壁にぶつかる。それだけで衝撃は収まらず壁を突き破って再び外へと転がり出た。

「かは……っ」

咄嗟(とっさ)に防御したものの踏ん張りの利かない空中でもろに攻撃を受けたダメージと〝颪の加護(フォローウインド)〟を長時間発動した影響で意識が飛びそうになった。

「お前ヲ殺してエ……アルセリアをォ――――ッ!!」

フルドは再び手にした斧槍を振り上げる。斧槍は過(あやま)つ事なく俺の頭を狙って振り下ろされようとしていた……。

――何故(なぜ)戦う?

斧槍がやけにゆっくりと振り下ろされる感覚の中で頭に声が響く。頭の中では目の前に迫る危機ではなくその問いの答えを考えていた。

……理由、この国の為？　目の前の魔物を倒す為？　違う、自分はそんな高尚な理由で戦えるほど善人ではない。

――――ならば誰の為に？

……誰の為かと言えばアリアの為だろう。アリアが俺に力を貸して欲しいと言ってくれたからだ。

――――故に命を懸けると？

……どうしてそこまでできるんだろうか？　どうして俺はアリアにそこまで……。

（約束したの……必ず強くなって迎えに行くって……）

思い出すのはアリアが力を求めた訳を話してくれた時の事。地位も何もかも捨てて友達の為に困難な道を選んだのだと知って……。

困難な道を自分の意思で選ぶ強さを持ったアリアが俺を頼ってくれた。

「あぁ、そうか……」

アリアは俺を頼ってくれた。周りと向き合う事を諦めて逃げ出した過去を知りながら、俺の事を認めて力を貸して欲しいと言ってくれた。

「俺は誰かに」

それは王国にいた時には……兄貴にだってしてもらえなかった事だった。

「頼って欲しかったんだ」

だから決めたんだ。俺はもう諦めて目を背けたけど……向き合う事から逃げてきた情けない自分だけど。

アリアの様に逃げずに立ち向かう強さを持った人が頼ってくれたその時は……もう逃げない。

逃げたくないと願う誰かの背を支えて、力になりたいと……。

「俺はずっと逃げてきた……そんな俺を頼ってくれたアリアの信頼に応えたい！　俺自身を見て俺を認めてくれたアリアの期待からは逃げたくない！」

負ける訳にはいかない。こんな騎士崩れの外道に、アリアを物の様に扱う奴にくれてやるものか！

自分の中にある想いが明確になった瞬間、視界が白く染まった……。

気付けば全てが白く染まった世界に立っていた。フルドの姿も闇夜に浮かぶ月もない場

所で俺は佇(たたず)んでいた。

振り返るとそこには黄昏(たそがれ)の剣墓で戦ったカオスクルセイダー……黒い鎧を纏った騎士が剣を手にして立っていた……いや、彼だけじゃなかった。

騎士の背後には多くの者達が武器を手に立っていた。同じ装備に身を包んだ兵士達が、槌矛(メイス)を手にした僧侶が、大鎌(サイズ)を抱えた処刑人の様な者が、湾曲した刃を持った異国の装束を纏う者が……多種多様な装備をした者達が白い世界を染め上げるかの様に立っていた。

騎士が一歩前へ踏み出すと跪(ひざまず)いて両手で手にしていた剣を捧(ささ)げてくる。後ろにいる者達も同じ様に跪いてそれぞれの武器を捧げた。徐(おもむろ)に捧げられた剣を手に取る。摑(つか)むと同時に剣を通して強大な思念が流れ込んできた。

――我らは守るべき者達によって終わりを迎えた。

それは彼らの無念だった。

――信じていたものに裏切られ、抱いていた願いは踏みにじられ、尊厳を地に貶(おとし)められてきた。

命懸けで戦ったのに無責任な考えと悪意によって報いなき最期を遂げた彼らが抱いた想いだった。

――それでも我らは名誉ある戦いを望んだ。

濁流の様に流れ込んできた思念が嘘(うそ)の様に穏やかになった。

——汝(なんじ)が正しきの為に戦うならば、その信念を貫き通すのならば……我らは汝に全てを捧げよう。

「……そうか」

再び一人となって手にした剣を掲げる。ようやくこの漆黒の力がどういうものかを理解した。

「軍装展開」

脳裏に浮かび上がった言葉を口にする。自身の中に刻まれた思念を形にする為の言葉を。

非業の最期を迎えた戦士達の魂は奈落の闇へと堕(お)とされた。積み重なり沈殿していく無念は漆黒の泥となって渦巻いた。

それでも心(ひかり)を喪(うしな)わなかった彼らは名誉を求めた。奈落の闇たる黒に染まりながらも気高き心を持つ混沌(こんとん)の聖なる戦士達。

「黒纏う聖軍(カオスクルセイダー)」

時代の闇に消された戦士達と共に再び戦場へと向かった……。

ジャスティレオンを肩に担ぎながら天井まで斬り裂かれた廊下を歩く。崩れかけた廊下には瓦礫と共に肩から斬り落としたあの男の片腕が落ちていた。

「あの一瞬で魔物の壁を作ると同時に撤退したか、腹立たしい」

懐からフィリアが作った魔道具を取り出して男の腕に当てる。すると男の腕から魔力が吸われていき魔道具の水晶部分へと封じられていった。

それを終えると腕を拾って立ち上がる。生け捕りにはできなかったがこの記録した魔力と腕があれば奴と接触していた証拠を見つけ出す事ができる。

予想を超えた奴らの力量と出てしまった犠牲の多さに歯を嚙み締めるが、止まる訳にはいかぬ。この先皇帝の立場を追われる事になったとしてもそれは膿を出し切り、奴らを滅ぼしてからだ。

「……まずは残りの魔物達を片付けてからだな」

考えを中断して動こうとした瞬間に放たれた凄まじい力の気配に足を止める。崩壊した壁から気配がした方に目を向けた。

夜空が落ちてきた……そう錯覚してしまう様な黒い竜巻が起きていた。放たれる力の圧に驚愕せずにはいられなかった。

「……逃がしたか」

「あれはベルクのか？　だがあやつはレアドロップを手にしてから一ヶ月も経っていない筈……まさかこの短期間で展開まで到ったというのか」

ゾクリと背筋が震える。余でさえその域に到るまで五年以上の時を要したというのに……。

「……ジャスティレオン？」

普段は滅多に意思を伝えぬジャスティレオンの声に耳を傾ける。伝えられた事に思わず竜巻が起きた方へと再び顔を向けた。

「それが真実ならば……あやつは是が非でも我が国に引き込まなければならんな」

ジャスティレオンの言う事が正しいのならば……あの男は近い将来、一国を真正面から打ち破る力さえ得る事になる……。

カオスクルセイダーが巻き起こした竜巻がフルドをふき飛ばす。全身を包んだ竜巻は一瞬にして集まり凝縮されて形を成していった。

形を成したのはひとつの全身鎧だった。幾つもの武具を重ね、繋ぎ合わせた様な装甲に翼の如き二叉のマント、鋭さを感じさせる兜から爪先まで全てが漆黒に輝く鎧を纏っていた。

「な、なんダそレはぁ⁉」

立ち上がったフルドが声を荒らげる。それを無視して左手の具合を確かめるとフルドにゆっくりと向かっていった。

「ぐっ⁉　う、うヴ……あア――――ッ‼」

フルドは怯(ひる)んだ様な仕草から一転して斧槍(ハルバード)を薙(な)ぎ払う。それに対し左手を斧槍に突き出して自身と斧槍の間に幾つもの塔型大盾(タワーシールド)を割り込ませる。

「がぁ⁉」

突如出現した塔型大盾によってフルドの斧槍が止まる。止まった直後にフルドに懐まで一息に踏み込んで下から斬り上げる様に半月斧(バルディッシュ)を振り抜いた。

「ごハっ⁉」

フルドの胸部に衝撃と共に皮膚に線が走る。衝撃で仰(の)け反(ぞ)ったフルドの背後に回り込んで戦槌(ウォーハンマー)で殴打する。

「がっ⁉」

背中を殴られて前かがみになったフルドの真上に跳んで、脳天に兜割剣(コピシュ)で斬りつけて頭を地面に叩(たた)きつける。立ち上がって顔を上げようとした瞬間に顎を槌矛(メイス)で打ち上げる。

「ご……エ……」

「確かに強力な能力かもしれないが……やりようはある」

どれだけ強靱（きょうじん）な鎧（よろい）でダメージを軽減できても、耐えられないくらい強い衝撃を受ければ反動で仰け反ったり体勢を崩す。そして今のフルドは強靱な肉体を得たのは確かだが大きくなった体格と膨張した筋肉によって動きは精彩を欠いており、力が増していく代わりに遅くなっている。

そして如何（いか）に再生する強靱な身体（からだ）でも再生するより早く絶え間なく攻撃され続ければダメージは蓄積されていく。カオスクルセイダーの能力を真に理解した今ならばそれが可能だった。

打ち上げられてぐらついた足下を大鎌（サイズ）で薙ぎ払う。硬質な音を響かせて体勢を崩したフルドが仰向けに倒れたところに三日月斧（クレセントアックス）を胸部に叩きつけると皮膚を破って刃が深く喰（く）い込んだ。

「があアアア!?　〝土柱槌（ランドピラー）〟!!」

フルドが叫ぶと周囲の地面から幾つもの土の柱が飛び出して迫る。土柱を避（よ）けて跳び上がっていくと立ち上がったフルドが再び斧槍をこちらに向けて投げてきた。

「死ねェえエ――――っ!!?」

「……だから遅いんだよ」

〝風跳（ウインドステップ）〟で迫る斧槍を避ける、更に迫る土柱を掻（か）い潜（くぐ）って急降下しながら両手に鍔（つば）のない刺突短剣（スティレット）を握る。そしてフルドに跳び乗ると同時に面頰（めんぼお）の隙間……眼（め）に刺突短剣を深々と突き刺した。

「ぐぎゃあアアああアアアッッ!!⁉」

「お前は光を見る資格もない！」

刺突短剣の柄頭（つかがしら）を踏んで押し込むと同時に跳躍する。仰向けに倒れて突き刺さったのをなんとか抜こうと踠（もが）くフルドを見下ろしながら構える。

……カオスクルセイダーの本質は武具を出す事ではない。カオスクルセイダーと同化した者達の魂に形を与えて力にする事だった。

変容する武具全てに彼らの想いが、願いが、祈りが宿っている……俺は現時点で可能なだけの魂をひとつにして鎧にする事で数千に及ぶ戦士達の力を纏っていた。

フルドに向けて落ちながら願う。愚行の果てに人ですらなくなった者を終わらせる為（ため）の武器をと……。

顕現するのはバルログを倒した巨大な刃（やいば）。かつて一人の聖者がどんな強大な魔も断ち、退ける象徴として作らせた三メートルを超える巨大剣（グレートソード）だった。

巨大剣の刃が三日月斧によって生じた傷に刺さる。刃は強靱な皮膚を抉（こ）じ開（あ）けると心臓を断って背中を貫き、フルドを大地へと磔にした。飛び退いて地面に着地すると鎧を解除するがフルドを磔にした巨大剣は消さずにいた。

如何に再生するとはいえ異物がある状態ではできるものではない。カオスクルセイダーを取り込めるなら別だがそれは不可能だろう。

「ぁがっ!?　が!?　がぁあぁっ!?」

「……っ?」

フルドのあまりの苦しみ様に疑問を浮かべる。幾ら再生能力があるといっても心臓を断たれたまま暴れていられるのはおかしい。だというのに奴は身体を掻きむしりながら叫んでいた。

掻きむしる手足を始めとしてフルドの身体がどんどん細くなっていく。全身の血管が浮き出ながら枯れていく姿にひとつの可能性に思い到った。

「まさか……エボルを飲んだのか?」

エボルとは回復薬の一種だ。万能薬を人の手で造り出そうとした際に偶然生まれたもので飲んだ者は不死身に近い再生能力と身体のあらゆる機能と能力が強化される。

だがそれは飲んだ者の生命力を代償としており、飲んだ者は一時間と保たずに激痛と幻覚に襲われながら血の一滴まで枯れた骸と化すという。

一時の強大な力と引き換えに残りの命全てと安らかな死を失う……故(ゆえ)に悪魔(エボル)と名付けられ、禁薬として製造方法すら破棄された薬だ。

心臓を貫かれた事で生命力を一気に失ったフルドはさっきまでの巨体が見る影もなく痩せ細っていき、ミイラの様になっていった。

「いや……だ……こ……な、死に……か、た、は……」

掠(かす)れた声で出た言葉は始めから存在しなかったかの様に虚空へと消えていった……。

襲撃から三日後、時間としてはそれだけしか経っていないが帝国の状況は随分と変わったと思える。

ヴィクトリア皇帝陛下は夜が明けるとフルドの一族郎党を国家転覆を図った反逆者として処刑した。更には称号騎士達に命じて以前から秘密裏に調べていた不審な動きをしていた者達も捕らえた。

皇帝の命を狙った者の魔力を解析した結果、捕らえられた者達はそいつが作ったであろう魔道具と多額の金を渡していた事が明らかになり、同じく反逆の意思ありとして厳罰を下した。

皇帝の暗殺未遂並びに城を襲撃するという大事になった事で皇帝の判決に異を唱えられる者はおらず、結果として皇帝の派閥と権勢はより強固なものとなったらしい。

「どちらにせよ無関係のお前を利用したという事実は変わらぬがな」

激務をこなした筈なのに凛とした雰囲気を崩さず皇帝は椅子に座って優雅に杯を傾ける。

テーブルには高級酒とつまみが並べられており、左右にはフィリアとアリアが座り向かいの席に俺が座っていた。

「あの、皇帝陛下」

「ヴィクトリアだ」

「え？」

「今ここにいるのはお前と妹達だけだ。公の場ならばともかくここは私室……故に名前で呼べ。それと酒の席ゆえ礼儀も敬称もいらんからな？」

「は……はぁ」

何故かアリアと共に侍女に案内された先ではヴィクトリアとフィリアが待っており、今のこの状況になっていた。

「それで何故俺を呼んだんでしょうか？」

俺がそう切り出すとヴィクトリアは杯を置いて真っ直ぐと俺を見た。

「理由は多々あるがまずは礼を言いたい……良くぞフルドを倒してくれた。お前が奴を倒さなければより多くの騎士が犠牲になっていた……お前は私の大事な臣下を助けてくれたのだ」

「……黙って見てる訳にはいかなかったので」

少し照れ臭くなってそう答えると三者三様の笑みで見てくる。だがヴィクトリアはすぐに表情を戻した。

「次に謝罪をしたい。私が至らぬ故に帝国の事情に巻き込み危険な目に遭わせた。そして利用する形となってしまい申し訳ない」

「いえ、お気になさらず……」

これに関しては本心からの言葉だった。俺がムカついたのはフルドだけだったし、そのフルドを倒した事でカオスクルセイダーを使いこなせる様になれたから皇帝……ひいては帝国に対して嫌悪といった感情は抱いてはいなかった。

「寛大な心に感謝する……そしてここからは内密にしてもらいたいのだが、私を暗殺しようとした者について分かった事がある」

ヴィクトリアはそう言ってフィリアへと目線をやるとフィリアはこくりと頷(うなず)いた。

「あれが使ってた兜を調べたんだけど……あの兜を作った人はかなり頭がおかしいね

ー」

「作った？　レアドロップじゃないのか？」

「んー……専門的な話になるけどねー」

　フィリアはそう言うと指先に魔術の光を灯(とも)して宙に図を描き始めた。

「普通魔道具を作る時は魔力を通す〝線(ライン)〟と術式である〝点(ポイント)〟を刻むの。普通なら〝線〟は素体……例えば武器に刻んで〝点〟は魔石に刻む。そのふたつを合わせる事で魔道具になる……ってここまではベルク君も分かってるねー」

　フィリアが言っているのは基本的な魔道具の作り方だ。本来であればふたつを合わせたら更なる加工を施して術式が半永久的に使える様にするが、俺の場合は魔石に術式を刻んだだけだから使い捨てになる。

「それでレアドロップの構造はどちらかというと人間に近いんだー。〝線〟に該当するところはあるけど〝点〟に該当するところがない……そして〝線〟が魔道具と比べられないくらい複雑かつ多いんだよー」

「……人間に近い」

「人間は自らの意思によって魔術を発動するけど、魔道具は魔石に刻んだ術式によって発動する。対してレアドロップは所有者の意思に呼応してその能力を発動する……だから私はレアドロップには意思や魂があると仮説を立ててた訳」

「なるほどな……」

「……で、話をあの兜に戻すんだけどねー」

フィリアはそう言うと新しく図を描き始めた。

「これはそのどれとも全く違う構成……強いて言うならあの兜は最悪の魔道具と言えるかなー」

それはどこか怒りを帯びた冷たい声だった。

「最悪の魔道具……？」

「あの兜にはぐちゃぐちゃだったけど〝線〟があったし魔石があった……だけど魔石に術式は刻まれてなかったんだよねー」

「……どういう事だ？」

フィリアは宙に図を描いていく。それは点を中心にして糸がこんがらがったかの様な線で囲み繋いだ図式だった。

「これ、一見するとぐちゃぐちゃで滅茶苦茶なんだけど〝線〟自体が術式として成り立ってるの。これに人間の〝線〟が繋がる事で発動するようにしてあるみたい……ちなみにこれは現段階で解析できた部分で実際はこれの数十倍複雑なんだよねー」

「な……」

フィリアが描いた図式は見るだけで頭が痛くなる様な複雑な代物だ。これと比べれば俺が書ける術式など子供のお絵描きと言って良いだろう。

「分かる部分だけでも解析したのとフルドの状態からの推測になるけど……これは装備した人を魔石の元となった魔物の肉体に造り変える術式なんじゃないかなー？」

「魔物の肉体……使われた魔石はグレンデルか？」

「正解、流石は白銀級冒険者だねー」

思わず宙に浮かんだ図式を見やる。アリアもこれがどれだけ危険な代物か理解したのだろう。鍛えられた騎士達を軽く蹴散らすだけの存在が装備ひとつで生み出せる。一人の犠牲でそれだけの成果が得られるなら求める者はどれだけいるだろうか……。

「押収した魔道具や使われてる技術の高さから鑑みてもこのレベルの代物はそうそう造り出せんだろうが……私が想定していたよりも奴らは危険な存在だ」

ヴィクトリアはそう呟くとアリアに視線を向けながら続けた。

「そして奴らの手は間違いなくラウナス教国にも伸びている」

「……!?」

アリアがその言葉を聞いて思わず立ち上がる。ヴィクトリアはアリアと俺を見ながら説明した。

「目的は分からんが奴らの狙いはレアドロップだ。そしてこの国のジャスティレオンを手に入れられなかった以上、次に狙うなら教国の聖杖と聖剣だろう」

「そんな……!?」

「……そこでだアリア、そしてベルク……お前達に頼みがある」

ヴィクトリアはそう言って凛とした眼で俺達を見た。

「お前達にはラウナス教国にいるセレナを保護してもらいたい」

「え!?」

「今回の件から鑑みてもラウナス教国との不和よりも奴らにレアドロップが渡るのを避けねばならん。何よりあの国の上層部は奴らと繋がっている可能性が高い……しかしこちらは称号騎士を含めてそれを任せられる者を動かす訳にはいかん」

確かにそうだろう。今回の襲撃はなんとかなったが、それでも揺らいだ帝国を建て直すには人手はどれだけあっても足らないだろう。

「ベルクよ、私からも改めて頼む……私達に代わりアリアに力を貸してやって欲しい」

「私からもお願いー、アリアちゃんを助けてあげてー」

「姉さん……」

ヴィクトリアとフィリアはそう言って頭を下げる。それは帝国の皇帝や魔術師ではなくアリアの姉としての姿だった。

「……分かりました、やれる事はやります」

俺がそう答えるとフィリアはホッと胸を撫で下ろし、ヴィクトリアは神妙な顔で俺を見据えた。

「感謝する。そしてこちらの頼みを受けてくれた礼という訳ではないが、ベルクには与えておくものがある」

そう前置きをしてヴィクトリアは驚くべき事を口にした……。

「ベルク、お前にミルドレア帝国皇帝の名の下に称号を与えよう」

「俺に称号を……？」

言われた言葉を思わず繰り返す。それだけヴィクトリアの言葉は信じられない事だった。

称号騎士は帝国において皇帝の次に軍事に関する権限の持ち主……それこそ一部だけなら公爵に匹敵するくらいの権力と言える。称号自体は一代限りのものだとしても、与えられる名誉や特権がどれだけのものかは語るまでもない。

「ですが……」

「既に他の称号騎士達と重臣達の認可は得ている。かねてより帝国で研究していたレアドロップの入手方法の証明、アリアを助けただけでなくレアドロップの入手の協力、更にはフルドを倒して被害を最小限に抑えた……お前が帝国にもたらした益と功績は称号を与えるには充分過ぎる」

ヴィクトリアはそう言うと杯を呷って喉を潤す。そして少しだけ笑みを浮かべてこちらを見た。

「それに称号騎士となれば皇族との婚姻が可能となるぞ？　誰に文句をつけられる事もなくアリアを嫁にする事も可能だ」

「なっ……」

思わずアリアを見るとアリアは顔を赤くして俯いていた。

「その……実は姉さん達に詰められちゃって、ベルクとルスクディーテの事を……」

「……全部話したのか」

俺がそう言うとアリアは頷く。思わず頭に手を当てながらため息をつくとヴィクトリアは腕を組みながら話し出した。

「気負う必要はない。お前とアリアがそういう関係ならば私は歓迎する。それに称号と特権は与えるがそれに伴う責務等は気にしなくても良い」

「それは俺としてはありがたいですが何故？」

「ひとつはラウナス教国の者共は金を持ってるか立場がある者に対しては弱い。称号騎士の名は中々に知れ渡っているのでな……皇女であるアリアの護衛として同行するお前も相応の身分ならば奴らも下手な動きはせん」

「牽制という訳ですか」

「うむ、ふたつめにお前は騎士として国に留めるよりも冒険者として自由に動き回ってもらう方が有用だと判断したからだ。それにまた厄介事に巻き込まれた時に後ろ楯があるとないとでは動きやすさも変わってくるだろう」

　聞けば聞くほど悪い話ではない。たった二人で戦いに行こうとしていたが帝国の後ろ楯があれば動きやすくなるのは間違いない。

　……セレナを助けた後に何か言われたり強要されるようなら二人を連れてクラングルズにでも逃げれば良い。そう判断を下して答えた。

「分かりました。謹んで拝命致します」

「ふむ、では称号なのだが……〝黒嵐騎士〟というのはどうだ？　お前の戦い方を見ていた者達がまるで嵐の様だと口にしていたのでな」

「黒い嵐……ですか、ではそれでお願いします」

　俺がそう答えるとヴィクトリアは呼び鈴を鳴らす。すぐに現れた侍女に幾つかの言伝をすると下がらせた。

「さて……堅苦しい話は終わりとしてベルク、お前の話を聞かせてくれんか？」

「話……とは？」

「私は冒険譚といったものが好きでな。その身ひとつであの魔大陸を生き抜いたお前の話を是非とも聞かせて欲しい」

「あーそれ私も聞きたいー」

　ヴィクトリアに同調してフィリアも再び柔和な雰囲気を漂わせながら言ってくる。

　特に隠す事でもないので酒の肴にでもなればと話していると、アリアも冒険者として共感する事があったのか自らの話をしていき、気付けば結構な時間酒を飲みながら話していた。

（……そろそろ不味いな）

　普通の酒場では出ないだろう高級な酒を少しずつ味わいながら話していたが、それでも酔ってきている。

　アリアの件はこうしてなんとかなったが、次もなんとかなるという保証はない。時間も時間だし休ませてもらおう。

「すいません、些か飲み過ぎたので俺はこの辺りで……」

「まあ待つが良い」

　そう言って部屋を後にしようとすると肩を掴まれる。振り返った瞬間ルスクディーテが口を重ねて口の中に含んでいたのを流し込んできた。

「ふぐっ!?」

　流し込まれた強い酒精と共に全身がカッと熱くなる様な感覚に襲われた……。

　窓から差す朝日に照らされて目を覚ますと裸の三姉妹（＋元凶）が俺を囲う様に眠っていた……。

◆◆◆

「なんでこうなる……!?」

　五人が横になっても余裕のあるベッドの上で頭を抱える。こうなった原因は間違いなくルスクディーテから口移しされた強い酒なのだろうが、それでも酔いが急激に回ったのはどう考えてもおかしい。

「なんじゃ起きたのか」

　頭を抱えているとルスクディーテがあくびをしながら起き上がる。朝日に照らされた姿は絵になるがそんな場合ではない。

「ルスクディーテ、俺に何をした？」

「昨日の事か？　貴様が早々に寝入ろうとしておったから酒精と共に昂(たかぶ)らせてやったまでよ。情欲の焔(ほのお)たる我なら造作もないわ」

「いや何考えてんだ⁉　アリアだけならまだしもこの二人は不味いだろうが！」

　現皇帝と宮廷魔術師とまで一夜の仲になるとか洒落(しゃれ)にならない。バレれば三人の皇族を穢(けが)した者として歴史にその名を刻まれるか、真実を隠す為(ため)に存在を抹殺されたっておかしくはない。

「うるさいのぅ、美しい雌を四人も抱けたのだから雄ならば本懐であろうが」

「そういう問題じゃないんだよ……」

「そもそも交われる状況にもかかわらず四日間も我は我慢させられたのだぞ？　我慢した分の精を求めて何が悪い」

　悪びれる事もなく話すルスクディーテに再び頭を抱える。こんな事になるならアリアと前日にでもするべきだったか？　……いや誰が見てるかも分からない中でするのは流石に抵抗がある。

「うぅん……」

「むぅ……」

「ふわーあ……」

　葛藤している途中で寝ていたアリア達が目を覚ます。そして俺と目が合うと三人で顔を見合わせた。

「……ひとまずはおはようと言うべきか？」

　凛とした雰囲気を出そうとするヴィクトリアの頬は赤く染まっていた。

◆◆◆

「まあ昨日も言った通り制度的に問題はない」

　私室に備え付けてあるシャワーで身を清めたヴィクトリアが開口一番にそう告げた。

「しかし皇族の三人が同じ男に昨日の今日で情を交わしたとなれば、反感を抱く者や妬心に駆られる者が現れるのは必然……私としても今はそれは避けておきたい」

　ヴィクトリアの言う事は尤もだろう。自分の事だがやんごとなき身分の一人を嫁にするだけでもそれなりに思うところがあるだろうに、三人まとめてとなればふざけるなとなるだろう。

「故に今はこの件は伏しておく事にする。公開するかどうかはお前達がセレナを連れ出して一通りの問題を片付けてからだ」

「……ありがとうございます」

「謝るな、酒の席とはいえお前に抱かれるのを選んだのは私の意思だ」

「あははー、聞くのと実際にするのはやっぱり違うねー、アリアちゃんの大変さが理解できたよー」

「ね、姉さん……」

本来なら晒し首でもおかしくない不敬なのに受け入れられている事にこれは現実なのかと疑ってしまう。だが四人の乱れた姿が鮮明に思い出されて逃避という手段は瞬く間に潰された。

「それでベルク、教国にはいつ向かうつもりだ？」

「……元々そのまま向かうつもりだったので出発できるならすぐにでも」

「そうか、ならばこれを持っていけ」

そう言ってヴィクトリアは書状を入れた筒と紅を基調とした短剣を渡してきた。短剣には金で象った獅子の飾りが施されている。

「お前を〝黒嵐騎士〟と証明する任命書と私とジャスティレオンの魔力が込められた短剣だ。偽造は不可能な代物ゆえ身分の証明に使うが良い」

「ありがとうございます」

「他に必要なものはあるか？　馬が必要ならば手配するが」

「それに関しては大丈夫です、当てができたので」

俺がその当てに関して説明するとヴィクトリアはほうと頷き、フィリアは目を輝かせ、アリアはもう驚かないとばかりに肩を竦めた。

「アリア、準備は良いか？」

「うん、ばっちり」

俺がそう問うと旅装に身を包んだアリアが答える。人払いされた帝城の裏門で俺は剣の姿のカオスクルセイダーを構えて意識を集中する。

「来い、ガルマ」

俺の声に応える様にカオスクルセイダーから闇が噴き出す。闇はすぐさま形を成していき漆黒の鎧に身を包んだ巨大な軍馬へと姿を変えた。

「凄い凄い……武具だけじゃなくて生命体まで……いや馬も武具としてカウントされてるからこそ？　……それとも出せるのは別のカテゴリに分けられてるのかなー？」

見送りに来たフィリアが凄い勢いで紙に何かを書いている。その姿は皇女というよりヤバい目をした職人を彷彿とさせた。

「アリア、敵は未知数の存在だ……大丈夫だとは思うが無理はするなよ」

「うん、行ってきますヴィクトリア姉さん」

ヴィクトリアとの別れを済ませたアリアと共にガルマに跨がる。ガルマの手綱を摑んで命じると嘶きを上げて駆け出した。

「良いのか、フィリアに何も言わないで」

「あはは、ああなったフィリア姉さんは何も聞こえないから……」

「……というかアリアは良いのか？　俺がアリアの姉達とそういう事をするのは……」

「うーん……思うところがない訳じゃないけど、私一人じゃベルクを満足させられないのは事実だし、姉さん達には助けられたし……それにベルクは何人抱いても私を粗末にしたりしないでしょ？」

「当たり前だ」

「ならそれで良いの、でも私の事を粗末にしたら許さないからね？」

「……肝に銘じよう」

自分の為にもアリアは大事にしよう。教国への道を駆けながら俺は心からそう誓った……。

「行ったか……」

ベルク達の姿が瞬く間に見えなくなると踵（きびす）を返して城へと戻る。ついでに一心不乱に紙に何かを書き込むフィリアの首根っこを摑んで連れていく。

「待って姉さんー、あと少しだけー」

「工房で書け。それと新しい警備用の魔道具も全て設置し直せてないのだろう」

「はーい、それにしてもー……」

「なんだ？」

「いやー、ちょっと意外に思っただけー、幾らベルク君が魅力的だとしてもお姉ちゃんが身体（からだ）を張ったのは驚くよー」

フィリアの言葉はこれまでの私が皇帝として生きる為に女の部分を見せる事が少なかったからだろう。その疑問は当然と言えた。

「アリアの話とあやつのこれまでを考えてこれが一番良いと判断したまでだ」

「というとー？」

「あやつの実力ならばグルシオ大陸で活動していれば冒険者として確固たる地位と名誉を得られたであろうに、それを捨ててアリアに力を貸す事を選んだ。更には称号を与えられてもそれは得られる特権ではなくアリアの助けになると判断したから受け取ったのだろう」

曲がりなりにも皇帝をしているからこそ対面した相手の考えを多少は読める。そして大抵の者は正当な方法で金や地位が手に入るのならば断りなどしない。

だがベルクは違う。あの男からは金を得たい、地位を手にしたいといったものは感じられなかった。フルドが騒ぐ前に感じたのはこの面倒なのをさっさと終わらせたい、という空気だった。

「しかも力を貸す理由がアリアに情が湧いた、それだけだ……だからこそあやつには下手に権力や財宝を宛がうよりも情を抱かせるのが最適解だと判断した」

「なるほどねー」

「アリアの家族というだけでは些か繫がりが弱いからな。それにあやつには私の女としての姿を曝け出してしまったからな……どんな形であろうと我が一族に迎え入れなければ」

ベルガ王国が、ベルクに称号を与えられた事やあやつの功績を知るのは時間の問題だ。ならば奴らが情報を得る前にこちらから情報を渡してしまうのもひとつの手であろう。

「しかし私からすればお前まで参加するとは思ってなかったぞフィリア」

「あははー、まあアリアちゃんのあんな話を聞いたら興味がねー、それにー……」

そう言ってフィリアは懐から小瓶を取り出す。小瓶の中には少量の赤い液体が入っていた。

「それは……ベルクの血か？」

「正解ー、昨日してる時にこっそりとねー」

フィリアは小瓶をかざしながら好奇心に輝く瞳で語り出した。

「生まれた時から肉体が身体強化を発動してるのと同じ状態になる先天性の魔力強化体質……更にはジャスティレオンとは明らかに違う傾向のレアドロップの所有者な上に性格も歪みない……研究対象としても種を貰うにしてもこれほどの相手はいないからねー」

「……視点は違えどお前もベルクを欲してる訳か」

「あははー、まあアリアちゃんからの了承も得たし、姉さんだって皇配辺りにって思ってるんでしょー？」

「……ふん」

フィリアの質問には答えなかったが、頭の中ではベルクをどの様に引き込むかを考えていた。称号や立場こそ与えたがベルガ王国があやつを再び戻らせようと画策する可能性は捨て切れない。

ここはやはり先手を打つべきだろう……。

「ベルクを繋ぎ止められなかった事を感謝しなければならんな。お陰で次代の皇帝の父に相応しい男と巡り合えたのだから」

今更返すつもりはない。改めて思いながら私は行動を始めた……。

「……は？」

ベルガ王と相談しながら事務作業をしていた時に帝国から重要な書類を意味する書簡が届き、目を通した王の最初の言葉がそれだった。目を擦って読み直す姿を珍しく思っていると、王はこちらを見ながら口を開いた。

「バドル、心して聞け」

「……なんでしょうか？」

「お前の弟が帝国で称号騎士となり第三皇女の婚約者となった」

「……は？」

王と同じ言葉が口から出る。あまりにも衝撃的な発言に手にしていた書類がバサリと机の上を舞った。

王から書簡を受け取って目を通す。そこには要約するとこう書かれてあった。

〝この度、冒険者ベルクがグルシオ大陸よりアルセリアの救出と兼ねてより我が国で行っていた研究への多大な貢献に加え、先日城を襲撃した者の主犯格を撃破した。

かの者の功績は〝黒嵐騎士(こくらんきし)〟の称号を与えるに相応しく、またアルセリアと相思相愛の仲であるのを考慮して諸々(もろもろ)の準備が整い次第、二人の結婚式を挙げる予定である。

なお、城を襲撃した者に関しての情報共有を行いたいので近々対談を希望する〟

「んな……」

読み終えて更に絶句する。一枚の紙に書かれていた内容に数秒の思考停止を起こしてしまうが、すぐに情報を整理しながら思考を再開する。

「バドル、気になるものが多過ぎるが重要なのは……」

「襲撃者とミルドレアが行っていた研究、ですね」

「うむ、特にミルドレアが推し進めていたものと言えば……」

「皇器ジャスティレオン……レアドロップ伝説に関するものでしょう」

これは随分前から噂(うわさ)されていたものだった。ミルドレア皇帝が代々継承する皇器はレアドロップであり帝国はレアドロップに関する研究を行っていると……。

もしセルクがその研究に貢献したのだとしたらどんな形で……。

「陛下、私に三日ほど時間を頂けますか」

「……三日で集められるか？」

「必ずや情報の裏付けを取ってきます。その間に陛下には文官、武官の重役達に緊急の召集を掛けて頂いてもよろしいでしょうか？」

「うむ……それにしても」

「？」

「あの女帝を動かすとは、お主の弟も末恐ろしいな……」

「恐縮です」

一礼して執務室を後にする。まずは各ギルドを通じた情報収集に、ブレイジア公爵とは別口の伝手を辿ってミルドレアの直近の動向を調べる。他にもあらゆる方面から集めて情報を正確にしなければならない。

「皇女はまだしも皇帝を動かすのは予想外だよセルク……」

弟の予想外の動きに思わず呟く。そして集めた情報の濃密さに流石に胃が痛くなっていた……。

三日後、ベルガ王国の重鎮達が集まる中で王の隣に立ち全員が揃ったのを確認して挨拶する。

「今回は突然の召集に応じて頂きありがとうございます。今回の会議の司会進行は私バドル＝グラントスが務めます」

席に着いてる騎士団長、魔術師団長、魔術研究室長、公爵を筆頭とした要職につく貴族達を見ながら帝国から届いた書簡の内容と三日間奔走して手に入れた情報を説明すると、王と公爵以外は驚愕の表情を浮かべていた。

「つまり帝国は……」

「長年の研究への貢献、更には集めたセルクの情報から考えてもセルクとアルセリア皇女はレアドロップとそれを手に入れる方法を得たと考えるのが妥当でしょう」

「しかしレアドロップは伝説の類いでは……」

「あり得ないと言い切れますか？　そもそもジャスティレオンですら我が国が造る魔道具が束になっても圧倒される性能を持っているのです。それを長年研究し続けた帝国が国外の者の功績を認めるならそれこそ実物を持ち帰るくらいはしないと無理でしょう」

私の言い分に室長は黙ってしまう。すると黙々と資料を読んでいた騎士団長が口を開いた。

「つまり帝国は少なくとも二つ、アルセリア皇女も所有しているとしたら三つのレアドロップを保有したという訳ですな。そして資料の通りならばそのひとつはセルク殿が、もうひとつはアルセリア皇女が所有しており、セルク殿を引き込む為に称号と皇女を与えた……実に上手い手と言えますな」

「騎士団長！　事の重要さを分かっておられるのか!?　単純に考えれば帝国は三倍の武力を手にしたという事ですぞ！」

貴族の一人が卓を叩いて睨みつける。騎士団長はそれを受けるとふぅと息を吐きながら視線をそちらに向けた。

「ならばどうすると言うのですかな？」

「決まっています！　彼を連れ戻すのです！　元々彼は我が国の貴族なのですから称号を与えられようとその力は我が国の為に振るわれるべきでしょう！　それに彼が持つレアドロップを解析すれば我が国の魔術の技術と知識は更なる発展を……」

「無理でしょうな」

熱弁する貴族の言葉を遮りながら騎士団長はこちらに目を向ける。「言ってもよろしいですかな？」と目線で語り掛けてきたので首肯すると、騎士団長は資料を置いて語り出した。

「唐突な質問ですが諸兄、懸命に働いて成し遂げた事を『やって当然だ』と受け取る者と『よくやった、ありがとう』と受け取る者、どちらの為に頑張ろうと思えますかな？」

騎士団長はそう言って貴族達へと目線を向けた。

「え？　それは当然後者の方で……」

「それが先ほどの答えです」

貴族の一人が答えると騎士団長がそう返す。すると貴族達の幾人かはハッとした顔をした。

「私は彼が国を出てから彼について調べましたが……学業は優秀な部類に入ると思えますな。特筆して優れているのはありませぬがそれでも一般の生徒よりは良い成績を維持しておりましたし……それに彼は他の生徒よりも習い事がはるかに多かったらしいですな」

そう、セルクは私と同じ教育を受けていた。学園で習う算術や礼儀作法といったものだけでなく他国……主に帝国の文化を始めとした歴史にラウナス教の司祭が知る様な戒律など広い範囲を学ばされていた。

普通ならばそれぞれの家で必要な知識を段階を踏んで学ぶところを私は前倒しで数年先

の範囲まで学んでいたが、それはあくまでも私に合ったやり方なのだ。

むしろ学園で教える範囲から外れた勉強に時間を割かれた状態で上位にいたセルクは充分に優秀と言える存在だ。

「だというのに彼の評価はヒドイものですな……生徒はおろか教師に至るまで周囲にいた者は彼を低く評価していた。私ならばその様な者達の為に頑張ろうとはなりませんな」

「だ、だが貴族ならばそれでも……」

「では貴公にはできるのですかな？」

「な……」

「どんな分野においても常に完璧を求められ、他人なら突かれない様な穴を突かれ、自身よりも能力が劣る者にすら見下され、どれだけの努力と結果を出しても報われない……そんな環境でも貴公は責務を全うできると？」

「……」

騎士団長の問いかけに声を上げた貴族は沈黙する。周りにいた貴族達も目を逸らすか同様に黙り込んでいた。

「私とて国を愛しておりますし、この国に住まう者の為に命を懸ける覚悟はあります……しかしそれは民に、周囲の者達に、なによりも陛下にそれに見合うだけの評価と対価を頂いているからこそ……彼がいた環境で貴公らはそれができると言えますかな？」

できる訳がない、そんな言葉を表情に滲(にじ)ませながら貴族達が黙り込んだところを騎士団長は更に追撃する。

「そもそも連れ戻すとは言いますがどうやってですかな？」

「そ、それは彼を説得して……」

「今の今まで関わろうとしてこなかったのに、レアドロップを手にした途端に戻ってこいと？　私にはこの国にその様な厚顔無恥な行いをする者がいるとは思いたくないですな」

「ぐっ……」

「そもそも彼が国を出た境遇を考えれば悪手の中の悪手でしょう。失敗すれば彼の怒りを買う……あの獅子(しし)帝ヴィクトリア殿に匹敵する力を手にした彼が敵になると想定した上で言っているのですかな？」

騎士団長の言葉に大半の者が顔をひきつらせる。それは仕方ない事だった。

ヴィクトリア＝リーシュ＝ミルドレア。五年前に病で崩御した先代皇帝の後を継いだ獅子の国の頂点にして本来騎士団で対処しなければならない魔物災害(スタンピード)をたった一人で鎮圧したヒューム大陸屈指の女傑……。

その女傑が実力と功績を認め、称号と皇女を与えたセルクが敵となって戦う……それがどれだけの事かを連れ戻すと言った貴族はようやく理解できた様だ。

「……私も彼を連れ戻すというのは不可能だと判断している」

「ブレイジア公爵!?」

「あのグルシオ大陸で二年もの間生き抜き、帝国に着いて僅か四日で皇帝に代わり軍を動かす権限を与えられた称号騎士に任命される存在……下手に動けば帝国との戦争になる可能性がある。我々から動くのはあまりにリスクがあり過ぎる」

貴族派の筆頭とも言えるブレイジア公爵の言に貴族達は口をつぐむ。

すると幾人かがこちらに目線を向けてきた。

……兄である貴方ならば説得できるのでは？　といったところなのだろうが私の答えは決まっている。

「セルクを説得して連れ戻すというのは私も反対ですね」

「ふむ、理由は？」

「主な理由はふたつ、ひとつは現在セルクはアルセリア皇女の護衛として帝国を離れており現在どこにいるかはまだ摑めておらず、いつ戻るかも不明という事」

「今は本人への直接交渉ができんという訳か」

「もうひとつは皇帝を襲撃した一味は我が国にも潜伏している可能性が高い事です」

私の言葉にその場にいた者達は様々な反応を見せる。それをつぶさに観察しているのを悟られない様に詳細を話した。

「皇帝を襲撃した者はレアドロップに加え未知の魔道具を使用していたそうで、襲撃者は商人を名乗って城の者達に近付き内通していたそうです」

「……我らの中にも内通者がいると？」

「少なくとも今日集まって頂いた皆様は潔白だと判断して来て頂きました。ですが問題はかの女帝を襲撃するだけの力を持った者達が我が国にも潜んでいる……これを放置してまでやる事ではないと私は言いたいのです」

「し、しかし言いにくいですが弟君が復讐（ふくしゅう）しにくる可能性も……」

「復讐しようとしているなら帝国など向かわず真っ直（まっす）ぐこちらへ来ますよ。今のセルクなら一国を相手に立ち回れるだけの力があるのですから」

セルクは無関係な誰かを巻き込むくらいなら一人でなんとかしようとする。間違っても帝国をけしかけて大勢を巻き込む戦争を起こしたりなどする訳がない。

「結論は出た様だな」

王がそう言って場を鎮める。そして結論を語った。

「事の仔細（しさい）、そして我が国の内憂を解決するまではセルク＝グラントスへの接触を禁ずる……帝国との対談が終わった後に改めて方針が出されるまでは軽挙妄動を慎め、良いな？」

王の言葉に全員が頭を下げた……。

「先ほどはありがとうございます。騎士団長」

解散となり貴族達が城を後にしてから騎士団長ブラムス＝ヴァリアントに礼を述べる。

あの場で私がセルクを庇(かば)えば身内贔屓(びいき)と言ってくる者が出るだろうから、発言して頂けないかと事前に頼んだら彼は快く引き受けてくれたのだ。

「構いませぬ、それに貴族派の偏見を持つ者には個人的にも気に入らぬところがありましたからな……吐き出す機会を頂けて感謝したいくらいです」

「その偏見派もセルクの活躍で随分と勢いを失った様ですがね」

そう、セルクが称号騎士と認められた件は王国でも広まっていた。

更にはグルシオ大陸で白銀級冒険者として活動していたのも広まり、今や王国の大半……主に軍部の者達からは逸材が他国へと流れてしまったと嘆く声が多いとの事だ。

「当時の学園は本当に惜しい事をしてくれたものです……彼が騎士団に入ってくれていた

ならば息子のラクルと高め合う良き騎士となってくれたでしょうに……」

「ラクル殿ですか……今は武者修行の為に魔物退治の任に就いてると聞きましたが」

「ええ、よく働いてると報告が届いています……実を言うと息子は弟君が国を出た時は珍しく落ち込んでいましたよ」

「そうなのですか？」

「息子にとって弟君は負けたくないライバルであり目標だったそうです。だからこそ彼が国を出ていってからは思い詰めていた事に気付いてやれなかったと後悔していました」

「そうだったのですか……」

「だからまぁ、私としても息子の数少ない友人と言える弟君を追い詰めた今の国風は正すべきだと思い至った次第でしてな……故に協力は惜しみませぬ」

ブラムス団長はそう言って笑みを浮かべる。その眼には父親として……そして騎士団長としての強い意志が感じられた。

「それでバドル殿、目星は付きましたかな？」

「ええ……あの場で襲撃者と商人という言葉に反応した者達、内通者の可能性がある者の顔は全て覚えました」

目星とは帝国を襲撃した商人を名乗る者と内通していると疑いのある者達だ。あの場で潔白だと言った段階では実のところ内通者は摑めていなかった。

だからこそ自分達は疑いが晴れたと思わせてあの場にいた者達の反応を観察していた。

そしてあの中で怪しい素振りをしていた者は全て記憶している。

「騎士団長、できるだけこちらだけで済む様にしますが……もしもの時は手荒な助力を頼むかもしれません」

「なんなりと、むしろ我々を上手く使ってくだされ」

騎士団長の心強い返答に頷いて行動を始める。この国の侯爵としても自分の道を進むセルクの邪魔をさせない為にも決意を新たにした……。

◆◆◆

「次から次へと……」

執務室で眉間を揉みほぐしながら呟く。国の内外からもたらされる問題の多さに些か辟易していた。

「この二年でこれほどまでに状況が変わるとは……何よりも奴はもう小僧などとは呼べぬ」

もたらされた中でも一番公爵家に影響を及ぼすのはセルクの話だ。帝国で軍部の重職である称号騎士の位と皇女との婚約を与えられる存在を追い詰めた一因となった公爵家は、肩身の狭い状況になっていた。

十七になったテレジアはあれから婚約する相手が見つかっていない。二年前に始まった粛清と称されたバドルの行動によって貴族の情勢は大きく変わり、自国で身分が釣り合う者は既に婚約者がいる。もしくは結婚している者ばかりだ。

「婚約解消をするべきではなかったか……？」

テレジアもあれから目に見えて塞ぎ込んでおり、婚約者を探す事に関しても積極的ではない……セルクを追い込んだ事を二年経った今も悔いていた。

「最悪帝国で相手を探すしかないか……自分で立ち直れない以上は私が立たせるしかあるまい」

次に考えなければならないのは件の商人だ。実を言うとその商人らしき者は公爵家を訪れていた。

その時は仕事で臣下に対応を任せて追い返してからは来ていないが、それはあくまで自身が把握してる範囲。臣下や領地の者達に秘密裏に接触している可能性は充分にあった。

「今一度調べ直さねばならんな……」

やらなければならない事の多さと息つく間もなく動く情勢はこれから先の暗雲を示して

いる……そんな陰鬱な考えが浮かぶくらいには疲れていた……。

だからこそ執務室のドアが入った際に勢い余って閉まっていなかった事にも、テレジアがドアの前を通りかかり、公爵の呟きを聞いていた事にも気付けなかった。

（私のせいで……）

自室に戻りベランダから夜空を見上げながら思う……今のままでは駄目だと、いい加減蹲（うずくま）ってないで立ち上がらなきゃ駄目だと心が訴える。

だけどその度に婚約者だった彼に……セルクに浴びせ掛けた心ない言動が鮮明に思い浮かぶ。そして自分はまた同じ様な事をしてしまうのではないかと足が竦（すく）んでしまう。

「……私はこんなに弱かったのね」

セルクの話はここまで届いている。白銀級冒険者にまで上り詰めた事も、帝国の皇女を助けた事も、皇帝に認められて称号を与えられ、皇女の婚約者となった事も伝え聞いていた。

「貴方が自分の道を進めてるのは……それだけ強くなれたという事よね、私の様に蹲ったりなんかしないで立って進めるくらい強く……」

そんな人を私は追い詰めた。婚約者でありながら寄り添わずに彼が最も嫌っていた事をし続けて傷つけてきた。

謝りたい、できるならばやり直したい……叶わないと分かっていてもそう願ってしまう弱い自分が嫌いで仕方がなかった。

「……そろそろ寝なきゃ」

寝間着に着替えてベッドに入ると複雑な紋様が刻まれた拳大の水晶を抱える様にして握り込む。こうすると不安が取り除かれてよく眠れる様になった。

とある商人が試作品だからまた訪ねた際に使用した感想を聞かせてくれれば良いと譲ってくれたものであり、試しにと使ってからは寝る時は必ずこれを使っていた。意識が深く沈んでいく、手の中で水晶は淡く光っていた……。

ミルドレア帝国から離れた未開拓の森、高く生い茂る木々が生み出す影から這い出る様にして男が現れた。

「やれやれ……想定外がここまで重なるとは」

隻腕の男は黒い杖を突いて木々の中を歩く。森の中は猛獣や魔物が跋扈しているというのに男に気付く様子はなかった。

「三つのレアドロップを手に入れようと欲張った結果が失敗作の処分と片腕とは……まあ

逃げられただけ儲けたと思うべきでしょうな」

ヴィクトリアのジャスティレオンが放った一撃、今の時代の者があそこまで強くなるとは想定していなかった。相手を過小評価して単独行動した結果がこれだ。

「この身体はもう駄目ですねぇ……全く人間の身体は脆過ぎる」

一瞬だけ苛立ちが漏れ出る。周囲にいた動物や魔物達が一斉に逃げ出した。

「おっと、私とした事が……ついつい愚痴ってしまいました」

再び気配を消して進む。すると木々が倒れて巨大なものが暴れ回った様な痕跡のある場所に着いた。

視線の先には倒れた木に腰掛ける男がいた。周囲には大小様々な魔石が落ちており、それだけでここで何が起きたかは充分に察せられた。

「暇潰しにしては遠過ぎませんかな？　探すのに苦労しましたよ」

「……貴様か。随分と姿が変わったな……腕も売り始めたのか？」

「ええ、ええ……女帝ヴィクトリアに買い叩かれましてね、想定を超える強さでしたよ」

「ほう」

男が立ち上がる。傍らに立て掛けてあった白亜の剣を手にするとこちらへ向き直った。

「それほど強いのか。そいつとそいつのレアドロップは……ならば俺がやろう。ミルドレアに向かえば良いんだな？」

「いえ……貴方にはラウナス教国に行って頂きたいのです」

「ラウナスだと？　あそこにはもう奴がいるだろう。今更何をしに行けというのだ」

「今ラウナス教国にはレアドロップを持った者が二人向かっています。ミルドレアは今一つしかございませんが、ラウナス教国には元々あるのと合わせれば四つ……手に入れる為の手筈は整えていますが、不確定要素が増えた以上、万全にしておきたいのですよ」

　男は隻腕の男の話を静かに聞いている。隻腕の男は淡々と訳を語った。

「いくら成功作を渡したといえど、今の私みたいになる可能性がありますからねぇ……だからこそ貴方に向かって欲しいのです」

「保険という訳か」

「ええ、我らの目的を果たすにはレアドロップがなくてはなりません……ですからひとつでも確実に手に入れて頂きたい」

「ふん……良いだろう。だが俺が行けばラウナスは滅びるかもしれんぞ？」

「構いませんよ、貴方が滅ぼすか彼が滅ぼすか……あの国はもはやそのどちらかで大差はありませぬ」

「なるほどな……」

そう言い残すと男は白亜の剣を手にその場を後にする。木々の隙間から零れ出た日の光が男の胸元を照らす。

そこには白金に輝く冒険者のタグが揺れていた……。

〘三章　因縁と逆縁を持つ者〙

ミルドレアを出発してから一週間後……。

「おっとっと……」

手綱を引いて速度を落とす。普通の馬とは比べ物にならない速さと疲れ知らずなガルマのお陰で普通なら十日は掛かる道のりを三日も早く進められた。

「お疲れ様、ガルマ」

鞍(くら)から降りてアリアが撫(な)でるとガルマは鼻を鳴らして頭を下げる。どうやらガルマは他人が触れても暴れたり拒絶したりはしないみたいだ。

「ありがとな」

礼を告げるとガルマの姿が溶けて消えていく。それを確認すると目の前の景色へと視線を移した。

山々に囲まれた窪地(くぼち)に八角形の白い防壁に囲まれた街があった。防壁の中には白い石材で建てられた家や教会と中心に帝城に勝るとも劣らない大聖堂が鎮座している。

「あれがラウナス正教の総本山、ハインルベリエか」

一見すれば聖地と呼ばれるのも納得がいく美しい街だ。だがそれだけではない事はアリア達の話と王国にいた時から伝わっていた噂が物語っている。

「……行きましょう」

アリアが強い決意を込めた眼で促す。それに頷いてハインルベリエへと向かった。

◆◆◆

「止まれ」

門の前で番兵に呼び止められる。今の俺とアリアはフードを被った旅装に身を包んでおり、傍から見たらただの旅人にしか見えないだろう。

「この地はラウナス正教の聖地、信仰を示さねば立ち入る事は叶わぬ」

「信仰とは？」

「一人につき金貨一枚……またはそれだけの価値があるもの布施として捧げよ」

「ぼったくり……」とアリアが俺にだけ聞こえる声量で呟く。正直アリアに同意したかったがここで争っても仕方ないので金貨二枚を渡した。

「これで良いか？」

「まだだ。所持品を確認させてもらう」

「信仰は示した筈だが？」

「治安の為だ。身分が不確かな者を素通りさせる訳にはいかん」

「……これでもか？」

このままだと身ぐるみを剝がされそうなので、ヴィクトリアから貰った短剣を見せる。

「それは……ミルドレア帝国の紋章!? しかも称号騎士にしか与えられない金印の短剣!?」

「今回は俺の個人的な巡礼の為に来た。馬や馬車を使わないのは不要な目に晒されない為だ」

事前に決めておいた理由を話す。少しでも今回の目的……セレナの保護を悟られない為にアリアの名前はできるだけ出さない様にしておきたかった。

「も、申し訳ございませんでした！ どうぞお通りください！」

威圧的な態度から一転して頭を下げて門の先を示す。ヴィクトリアの言う通りラウナス教国は身分の高い者に対しては弱いようだ。

門を潜りながら防壁を観察する。近くで見ると見た目だけでなく相当な強度と魔術耐性があるのが分かる……仮に壊そうとすれば俺でも苦労するだろう。

門を潜るとそこには整備された街道に三階建てが基本なのか高い建物が並んでいる。その中でも教会関連の建物は造りも高さも他より良いのは教国故だろう。

「まずは宿を取ってから散策だな。思ったよりも複雑な造りみたいだ」

「そうね、作戦を立てるにも地形を把握しないといけないし……怪しまれない様に地図にメモしたりはできないから二人の方が怪しまれないかも」

街道を歩きながら宿の看板が出ている建物を見つけて入る。部屋は清潔感のあるシンプルなもので壁には正教のシンボルである小さな十字架が飾られていた。

「ベルク、さっき受付で貰った地図なんだけど……」

「……やっぱり大聖堂周辺は描かれてないか」

ハインルベリエは外の防壁ともうひとつ大聖堂周辺を囲う形で防壁が造られている。

そこは教会でも上位の役職に就く者達……司教や正教騎士といった者以外は正式に招かれた者しか入れないとされている。

「……ひとまずは見て回るか」

俺の言葉にアリアが頷いて共に部屋を後にする。宿を出ると正教騎士達が街を巡回していた。

「……」

「どうしたの？」

「いや、なんでもない」

アリアに答えながら腰のカオスクルセイダーに手を触れる。するとなんとなく脈打った様に感じた。カオスクルセイダーと同化した魂……その中にいる正教の騎士や信徒達がざわつくかの如く……。

宿を出て二人で街道を歩く。街を観察しながら歩いているとある事に気付いた。

「冒険者ギルドがないな……」

「それに雑貨や食料は売ってるけど武器とかは売ってない……あるのは農具だけね」

街道沿いにある店には武器や防具は売られていない。武器を持っているのは正教騎士達だけで他の人々は修道服や農民が着る作業服ばかりだった。

「聞いていた通りね……教国は魔物退治とか冒険者がやるような事は騎士団がやっていてそれ以外は農業や他の産業に従事してるって」

「……扱いが良い様には見えないがな」

正教の職に就いている者はまだしも農業や下働きをしている者は服はボロボロで、表情が曇っている者もいる。すると剣の姿のままルスクディーテが俺とアリアにだけ聞こえる様に話しかけてきた。

『ふむ、気付いておるかの？』

「え？」

『鎧を纏っている者共からいくらか妙な魔力を感じるぞ』

「……身に着けている魔道具の魔力じゃないのか？」

　正教騎士団の装備は付与魔術を施された一級品の代物だ。市販されている物よりも宿る魔力が多いのは必然なのだが。

『何と言うべきかの……完成された絵画に一点だけあるシミの様な、肌についた羽虫の様な妙な魔力だ。矮小なものだがそれ故に目につくと言うべきか？』

「……その魔力はどこから出てるか分かるか？」

『あれだ、奴らが首に下げとる赤い石からだな』

　気付かれない様に騎士達の首元を見ると紐に吊るされた十字架が揺れていた。ただ宿で見たものとは違い、十字架の中央には小さな赤い石が嵌め込まれていた。

「どういうものか分かる？」

「見ただけでは分からないが……籠められた魔力量から複雑な付与はされてないと思う」

　ただ上位の魔物であるルスクディーテが俺達に伝えてくるほど気にする以上は警戒して

おく必要はあるだろう。

白く綺麗(きれい)な街並みに見え隠れする影の濃さはこれから先を暗示してるかの様だった……。

◆◆◆

そ̀れ̀がなんなのかは分からない。

何が目的なのかも分からない。

だけどそ̀れ̀によって世界は終わる、大地も、海も、空も……あらゆる命はその白̀い̀何̀か̀によって破滅を迎える。

そ̀れ̀は万の軍でも敵(かな)わない。獅子(しし)を持つ皇帝でも倒せない圧倒的な存在に立ち向かえる者などいない。

だがもしも抗(あらが)えるとするならば……。

「……はっ!?　はぁ……はぁ……」

目を覚ますと同時に起き上がる。肌に浮かんだ汗を拭うと窓からは日の光が差し込んでいた。

ベッドの傍(そば)に立て掛けられている水色の水晶から削り出したかの様な聖杖(せいじょう)〝トゥルーティアー〟に触れながら物思いに耽(ふけ)る。それは今まさに自分が見せられた夢の事だった。

「周期が短くなってる……白い破滅が近付いてきてるの……？」

あの夢は私が初めてこの杖(つえ)を手にした瞬間に見た光景、途方もなく強大で恐ろしい存在によってこの世界が滅ぼされるという最悪な未来の光景……。

触れた手を通して聖杖から意思が伝えられる。それはこの国に来てからずっと待ち望んでいたものだった。

「そう、とうとう来たのね……」

頭の中に滅びの光景が焼きついた直後に聖杖が伝えてきたのは最悪の未来に抗う為の方法、それがいずれこの教国に現れるというものだった。

「白い破滅を打ち破る黒い嵐が……」

私の呟きに聖杖は同意する様に一瞬だけ煌(きら)めく。誰かが来る前に私は支度を済まして動き始めた。

時はベルク達が教国に着いた頃……。
ベルガ王国とミルドレア帝国の国境沿いにある砦(とりで)の一室ではテーブルを挟んで二国のトップが向かい合っていた。

片方は緋色と深緑の騎士を従えた皇帝ヴィクトリア、もう一方は国王アルバン＝ベルガにブレイジア公爵……そしてバドルが同席していた。

「まずはこのような辺境に来てもらった事に感謝と謝罪をさせてくれ。ヴィクトリアよ」

「不要だ。むしろこちらが早急に対談の場を用意してくれた事への礼を述べたいくらいだ」

ヴィクトリアがそう言うと手で深緑の騎士に合図するとテーブルの上に魔道具と纏められた紙の束が置かれる。

「それは現段階で判明した事をまとめたものと我を襲撃した者の魔力だ。目を通してもらいたい」

バドル達が紙束を手に取って内容を読み進める。紙をめくる度に敵の底知れなさは深まっていき、正体と規模は未だ摑めないという事だけは分かった。

「予想はしていたが既に国の中枢にまで根を張られているな……」

「あぁ、余も奴らの動きを察知した時にはもう手遅れだった……今回の件で大部分は始末できたが根絶やしにできた訳ではない」

「……ヴィクトリアよ。直接相対したお主だからこそ聞くが、奴らの目的はなんだと考えている？」

これだけの規模と力を持っていればそれこそ国家転覆すら可能な筈……なのにこのヒューム大陸で最も崩すのが難しいミルドレア帝国……ヴィクトリアを狙ったのは何故なのか。

「……憶測の域を出ないが奴の目的は我が国ではレアドロップを手に入れる事だったのであろうな」

「帝国では？」

「奴……いや奴らの狙いはレアドロップに匹敵する兵器の開発と量産だと考えている」

「量産……だと!?」

「我が宮廷魔術師の受け売りだが新たなものを作るなら必要になるのはふたつ、参考となる物とそれを試す環境だ。そして参考となる物は多ければ多いほど良いとも言っていた」

「……つまりレアドロップを手に入れようとしているのはサンプルを手に入れる為であり商人を騙って魔道具をバラ蒔いているのは試作した物の試運転の為……という訳ですか」

バドルの言葉に部屋は沈黙が支配する。それはこの場にいる全員がその可能性に思い至ったからだ。

帝国が強国として名高い所以のひとつはヴィクトリアが圧倒的な強さを持つからだ。絶対的な力は臣民に「この方がいれば大丈夫」という精神的な土台と「この方には勝てない」という心の枷となるからこそ国はまとまる。

　だがレアドロップに匹敵する力を手にすれば？　絶対を揺るがせるだけの力が多くの手に渡れば様々な思惑でその力は振るわれるだろう。それによって生まれる火種は帝国に限ったものではなくヒューム大陸全てを巻き込んだ争いの火へと発展する事になるのは明白だった。

「予想はしていたが厄介過ぎるな……」

「それにレアドロップを狙っているとするならば……教国の聖具も対象でしょうね」

「しかし、それが分かったとしても我々には教国に向かわせるだけの時間と戦力はありませぬ……」

　教国の首都とも言えるハインルベリエは帝国と王国のどちらとも離れており馬を使っても十日、まとまった人数を送ろうとすれば二週間以上は掛かる。

　ましてや今は自国にヴィクトリアを襲撃できるほどの力を持つ者が潜伏している。とてもではないが教国に向かわせるだけの戦力はないと言って良かった。

「安心しろ……とは言わぬが教国に関しては既にこちらで手を打ってある」

「え？」

「教国には現状私以外の最高戦力を向かわせた。少なくとも聖具が全て奪われるという事態にはなるまい」

「最高戦力……まさか？」

ヴィクトリアの言葉にバドルは何かに気付いた表情を浮かべる。するとヴィクトリアは普段の鉄仮面を崩して笑みを浮かべた。

「教国には余達が見初めた騎士……ベルクとアルセリアを向かわせている」

◆◆◆

「ここで彼の名を聞くとは思ってもみませんでしたな」

対談を終えて王都へと戻る馬車の中でブレイジア公爵が話し出す。

「うむ、この様な形で所在を知る事になるとは儂も予想外だった」

「しかし大丈夫なのでしょうか？　教国が既に奴らの手に堕ちている可能性は充分にあるかと……」

「だからこそ、なのでしょうね」

皇帝から伝えられた話を頭で整理し終えるとブレイジア公爵が浮かべた疑問に答える事にした。

「セルクもそうですがアルセリア皇女も魔大陸で冒険者として活動していましたからね。下手に兵を連れていくよりも二人だけの方が何かがあったとしても窮地を切り抜けやすいと判断されたのでしょう」

「なるほど……」

「理由は他にも色々ありますが……私が驚いたのは皇帝陛下は私達が思うよりもセルクを評価している事ですね」

その言葉に陛下と公爵がこちらに顔を向ける。視線でどういう事かと問いかけてくるのに頷き(うなず)ながら説明を始めた。

「余達が見初めた……普通ならあそこは妹が認めた、もしくは余が認めた騎士と言うべきです」

「む……」

「ましてやセルクはアルセリア皇女の婚約者です。見初めたというならば妹がと言う筈ですが、皇帝陛下は余達がと言いました」

「……まさか帝国は皇家総出でお主の弟を囲い込むつもりなのか？」

「おそらくは、婚約者というのは皇配にする時の軋轢(あつれき)を避ける為(ため)の前段階でしょうね」

それになにより帰り際に皇帝から自分にだけ聞こえる様に言われた言葉。それがその考えを決定づけた。

〝末長く頼むぞ？　義兄上〟

問い質そうと振り返った時には既に歩き去ってしまっていたが何を言いたかったかは分かる。あの皇帝は本気でセルクを手にするつもりだ。

「皇帝陛下がそこまでセルクを欲するとは私も予想外でした。ですがそのお陰で図らずも帝国との関係はしばらく安泰と言えるでしょう」

「うむ、それにしても……」

陛下は頷きながらもしみじみとした声で思った事を口にした。

「あのヴィクトリアが男を求める姿……欠片も想像できんな」

「「確かに……」」

私の弟は予想をはるかに超えて成長した様だった……。

◆◆◆

「流石というべきか……隙はなさそうだな」

大聖堂周辺の防壁近くを歩いてみたが凹凸のない防壁は登るという手段を阻み、中へ入る為の出入り口も騎士達によって守られている。

カオスクルセイダーの力を使えば防壁を飛び越える事も可能だろうが防壁の上には警備用の魔道具が設置されている様で、飛び越えようとした瞬間に騎士達に気付かれるだろう。

仮に越えられたとしても聖女がどこにいるかがまだ分かっていない。たとえ会えたとしても面識のない俺では聖女を連れ出すのは難しいだろう。

「……ひとまず宿に戻るか」

「そうね、身分を明かして交渉するにせよ忍び込むにせよ考えをまとめなきゃ」

宿に戻りながらこれからの事で頭を巡らせていた。

正攻法でいくなら身分を明かして交渉するべきだろうが、帝国との過去の因縁がある以上はぐらかされるか時間が掛かる可能性が高い。忍び込むにしても見つかって騒動になれば不味い事になるだろう。

そもそも聖女と一度も会った事のない俺だけでは駄目だ。忍び込んで聖女に会うならアリアも一緒に行く必要があるが見つかればどちらにせよ面倒な事になるだろう。

「兄貴だったらもっと上手い手を考えられたんだろうがなぁ……」

「貴様、いい加減にしろ！」

突然響いてきた怒鳴り声に思考を中断してそちらを見ると騎士達の足下に這いつくばる様にして女性が蹲っている。その腕の中には見るからに顔色の悪い子供が抱えられていた。

「お願いします、どうか聖女様に……」

「聖女様は多忙なお方だ！　治療ならば街の医者や神父に頼めば良いだろう！」

「どの方を訪ねても手に負えないと見放されてしまったのです。聖女様でもなければ治せないと……お願いします！　もう聖女様しか頼れないのです！」

「そうなったのはそいつがそうなるだけの何かをしたからであろう！　そのような者の為に聖女様の時間を割けるか！」

怒鳴り声を上げた騎士が剣を引き抜くと鋒を親子へと突きつけた。

「医者にも神父にも見放されたというのなら、これ以上苦しまぬ様にしてやろう！」

振り上げられた剣が日の光を浴びて煌めく。振り下ろされる寸前に駆け出して割って入るとすかさず黒剣を抜いて振り下ろされた剣を受け止めた。

「なっ⁉」

「……随分と立派な主張だな」

剣を弾くと周囲にいた騎士達が身構える。アリアが親子を連れて一歩下がるのを見届けてから騎士達に向き直った。

「貴様、我らに刃向かうのか⁉」

「……〝この世にある艱難辛苦は主が与えた試練である、信仰とは試練の前に跪くのではなく抗う事である〟」

正教の経典にある一節を騎士達に向けて呟く。騎士達はいぶかしむ者もいたが半分ほどが顔をしかめた。

「試練に抗おうとする者を神に仕える正教騎士が害する、それが正しい事だと胸を張って言えるのか？」

「くっ……」

経典の一節を持ち出された事で騎士達は強い態度に出られなくなった様だ。ただ退くに退けなくなった騎士達と睨み合いが続くと思ったが……。

「もう大丈夫ですよ」

鈴の様な声がその場に響き渡った。

「え？」

俺とアリアが振り返ると親子の傍にフードを被った女がいた。

片手には水晶から削り出した様な杖を手にしており、もう片方の手で子供の頬に触れていた。

「……傷は塞がっていますが身体の中に病毒が残ったままになっていますね。それが全身に回ってしまったのでしょう」

頬に触れていた手が淡く光る。透き通った水が子供の身体を薄く包んでいくと子供の身体から黒い靄の様なものが出て霧散していった。

「もうすぐ目を覚ますでしょう。目を覚ましたら栄養のあるものや身体に負担の掛からないものをあげてください」

「あ、ありがとうございます！　聖女様！　本当にありがとうございます！　どのようにお礼をすれば……」

「構いません。礼というならば試練を超えたその子を労ってあげてください」

幾度も頭を下げながら立ち去る親子を見送ると女は俺の前を通って騎士達の前でフードを外した。

フードの下から現れたのは美しい少女の顔だった。透き通る様な白い肌に人形の様に整った顔、肩口で切り揃えた銀髪は月の女神を思わせた。

「せ、聖女様……」

それが初めて聖女セレナを間近で見た瞬間だった……。

「な、何故このような場所に……」

「友人と会う約束をしていたので来ました。彼らは私の友人なのです」

聖女はそう言うと俺とアリアへ目配せする。どうやらこの場は彼女に任せた方が良さそうだ。

「皆様は職務にお戻りください。私は友人達と話してから聖堂に戻りますので」

「し、しかし聖女様を一人にする訳には……」

「私には聖杖（せいじょう）もありますし、それにもしもがない様に皆様が職務を全（まっと）うしてくださいますから、帰り道に襲われる心配もないでしょう？　貴方（あなた）達の職務への熱意は先ほど見させて頂きましたから」

　聖女はニコリと笑うが騎士達は一斉に顔をひきつらせる。暗にあの親子とのやり取りを見ていたと言われた騎士達は一瞬だけ顔を見合わせてから答えた。

「わ、分かりました……どうぞお気をつけください」

　そう言って頭を下げると騎士達はその場を後にする。すると聖女は俺とアリアの方へと向き直った。

「セレナ……」

「久しぶりだねアリア。それと貴方とは初めましてになりますね」

　そう言って微笑（ほほえ）みながら彼女は俺に問いかけた。

「ひとまずは落ち着ける場所で話したいのですがどうでしょうか？」

「ひとまず自己紹介からしましょうか」

　宿へと戻ると再びフードを外したセレナは俺に頭を下げる。貴族の生まれだけあって綺麗な所作だった。

「私はセレナ＝リベルタ、今はしがない聖女をしています」

「ベルクだ、今は〝黒嵐騎士〟としてアリアと共にいる」

「〝黒嵐騎士〟……もしかして称号を与えられたのですか？」

「ええ、ヴィクトリア姉さん自ら与えたわ」

「凄いですね。私と年は離れている様には見えないのですが……やはり貴方が」

　……話してみると最初の雰囲気や聞いていた話から予想していたのとは違う印象を抱いた。

　聖女という立場や権威を振りかざすでもなくアリアと衝突する様子も今のところはない。思わず拍子抜けするほど話が弾んでいた。

「正直こんなに早く会えるだなんて思ってなかったわセレナ……」

「私もだよ、アリアを見た時は驚いたけど状況が状況だったからね……だから改めて言わせて欲しいの」

　そう言うとセレナは深々と頭を下げる。突然の行動にアリアは少しだけ動揺していた。

「あの時はひどい事を言ってごめんなさい。今まで謝りにも行けなかったけどずっと後悔してた……だけど私はどうしてもこの国に来なければならなかったの」

「……セレナ、あの時の貴女に何があったの？　今ならもしかしたらとは思ったけど聖杖を手にした貴女は焦ってた様に見えたわ」

「うん、全部話すよ……この杖を手にしてからの事も私がこの国に来た理由も」

セレナは手にした杖を掲げる。蒼い水晶から削り出されたかの様な杖の先端には翼のある女の姿が彫られており、淡い輝きを放っていた。

「聖杖〝トゥルーティアー〟は水を媒介にして色々な事ができるの。さっきみたいに身体中に巡った毒や病気を浄化したり治したりとかは教国でも伝わってるわ……でも本当の能力は〝未来視〟なの」

「未来視……これから先で起こる事が全て分かるという事か？」

俺が浮かべた疑問にセレナは首を横に振る。そして説明を続けた。

「未来が見えるといっても全部が分かる訳じゃないんです。見えるのは私に起きるだろう直近の出来事とこの世界で起こる最悪の未来なんです」

「最悪の、未来……？」

こくりと頷いたセレナは杖を強く握りながら答えた。

「このままだとこの世界は滅ぼされるんです。途方もなく強大な存在である〝白い破滅〟によって……」

「世界が滅ぼされる？」

告げられた言葉を思わず繰り返す。それほどまでにその内容は信じがたいものだった。

だがセレナからは誇張した事を言った様な雰囲気や焦燥が浮かんだ気配は感じられない。

「……私がこの杖を手にした時に見えたのがそれです。姿こそ分かりませんでしたが、白い何かがこの世界の全てを呑(の)み込(こ)んでいく姿を」

「白い何か？　それって魔物なの？　それともなんらかの天災か何かが起きるの？」

「分からない……でもそれは明確な意思を以(もっ)て世界を蹂躙(じゅうりん)してた。そして魔物よりもずっと強大で恐ろしい存在だっていうのだけは確信できた」

「……まるで物語の魔王か邪神だな」

「そうですね。白い破滅を例えるならそれが適切に思えます」

「……セレナが言うなら間違いないのだろうけど、どうしてそれをヴィクトリア姉さんに話さなかったの？　他は信じなかったとしてもレアドロップの力を誰よりも知っている姉さんなら取り合ってくれた筈(はず)よ」

アリアの疑問にセレナは表情を曇らす。少しだけ口をつぐんでいたが意を決したかの様に口を開いた。

「勝てないの……」

「え？」

「ジャスティレオンを持つヴィクトリア様でも、たとえヴィクトリア様以上に強い人がいても白い破滅には敵わない……あれは強い弱いとかじゃなくて根本的に違う存在だから」

「ね、姉さんが勝てない……？」

アリアが呆然と呟く。ただその気持ちは俺にも分かる。

ヴィクトリアは俺がこれまで出会った中でも最強格とも言える存在だ。そのヴィクトリアが勝てないと断言できるほどの存在などそれこそ神の類いしかいないだろう……だが。

「だとしたら何故教国へ？　それほどの存在だと言うなら手の打ち様がないんじゃないのか？」

「……いえ、ひとつだけあります」

セレナはそう言うと俺を見た。

「トゥルーティアーが見せたのはそれだけじゃないんです。最悪の未来……白い破滅に抗う方法も私に見せてくれました。私が教国に来たのはその抗える存在を見つける為だったんです」

「……抗える存在か。それは見つかったのか？」

「はい、見つかりました」

セレナの言葉に思わず俺とアリアは驚く。話を聞く限りでは白い破滅に抗う方法など存在するとは思えなかった。

「対抗手段ってなんなの？　もしかして教国に伝わる聖剣とか……？」

「……私が見たのは嵐です。世界を覆い尽くす様な白い破滅を打ち破る黒い嵐の中心に立つ者の姿を」

セレナはそう言って一歩前に進み出る。前を見据える眼には俺の姿が映っていた。

「六年間ずっと世界の終わりを見続けて、それでも最後に見えた希望を信じて待ち続けて、こうして実際に目にして確信しました……ベルクさん、貴方がそうなんです」

セレナの眼が潤む。探し続けていたものをようやく見つけたかの様に。

「カオスクルセイダー……その身に黒い嵐の軍勢を宿す貴方こそが白い破滅に抗える存在です」

侯爵次男は家出する
～才能がないので全部捨てて冒険者になります～

著	犬鷲
	角川スニーカー文庫　24520
	2025年2月1日　初版発行
発行者	山下直久
発　行	株式会社KADOKAWA 〒102-8177 東京都千代田区富士見2-13-3 電話　0570-002-301（ナビダイヤル）
印刷所	株式会社暁印刷
製本所	本間製本株式会社

◇◇◇

Printed in Japan　ISBN 978-4-04-115872-2　C0193

★ご意見、ご感想をお送りください★
〒102-8177 東京都千代田区富士見 2-13-3
株式会社KADOKAWA　角川スニーカー文庫編集部気付
「犬鷲」先生「灯」先生

角川文庫発刊に際して

角川源義

第二次世界大戦の敗北は、軍事力の敗北であった以上に、私たちの若い文化力の敗退であった。私たちの文化が戦争に対して如何に無力であり、単なるあだ花に過ぎなかったかを、私たちは身を以て体験し痛感した。西洋近代文化の摂取にとって、明治以後八十年の歳月は決して短かすぎたとは言えない。にもかかわらず、近代文化の伝統を確立し、自由な批判と柔軟な良識に富む文化層として自らを形成することに私たちは失敗して来た。そしてこれは、各層への文化の普及滲透を任務とする出版人の責任でもあった。

一九四五年以来、私たちは再び振出しに戻り、第一歩から踏み出すことを余儀なくされた。これは大きな不幸ではあるが、反面、これまでの混沌・未熟・歪曲の中にあった我が国の文化に秩序と確たる基礎を齎らすためには絶好の機会でもある。角川書店は、このような祖国の文化的危機にあたり、微力をも顧みず再建の礎石たるべき抱負と決意とをもって出発したが、ここに創立以来の念願を果すべく角川文庫を発刊する。これまで刊行されたあらゆる全集叢書文庫類の長所と短所とを検討し、古今東西の不朽の典籍を、良心的編集のもとに、廉価に、そして書架にふさわしい美本として、多くのひとびとに提供しようとする。しかし私たちは徒らに百科全書的な知識のジレッタントを作ることを目的とせず、あくまで祖国の文化に秩序と再建への道を示し、この文庫を角川書店の栄ある事業として、今後永久に継続発展せしめ、学芸と教養との殿堂として大成せんことを期したい。多くの読書子の愛情ある忠言と支持とによって、この希望と抱負とを完遂せしめられんことを願う。

一九四九年五月三日